I0623418

ESTOY LOCA POR TI
Ana de mis amores

Idania Bacallao Iturria

CAAW EDICIONES

2016

ESTOY LOCA POR TI
Ana de mis amores

Idania Bacallao Iturria

Titulo original: *Estoy loca por ti*
                 Ana de mis amores
© Idania Bacallao Iturria, 2016
   saridania@nauta.cu
© CAAW Ediciones, 2016
   caawincmiami@gmail.com
Primera edición
ISBN: 978-1-946762-00-9
Ilustración de cubierta: © Thelma Delgado
                       thelma-delgado.pixels.com
Diseño de cubierta: Jorge L. Álvarez
Prólogo: Kelly Martínez

Este título pertenece al *Catálogo Yulunkela* de CAAW Ediciones.
CAAW Ediciones es la división editorial de Cuban Artists Around
the World, INC.

Idania Bacallao y la pasión delirante

«Quien ama, está más enfermo que quien no ama», nos dice Platón a través de Sócrates, en el primer discurso del *Fedro*. El amor es una *hybris*, una trasgresión del límite impuesto por los dioses, una desmesura. Habla, por supuesto, del amor erótico. En el segundo discurso —que pronuncia ya a punto de irse y tras recibir súbitamente la señal de un *daimon* que le advierte que debe purificarse de su ofensa a Eros— agrega que es, también, «una de las cuatro maneras en que los dioses se manifiestan». El amor deja de ser un desbordamiento y se convierte en *manía*: una posesión divina. A través de la contemplación de la belleza (el otro, el amado) y el entusiasmo amoroso, somos capaces, por unos instantes, de acceder a lo sagrado y a la verdad.

Este es, sin duda, un libro maníaco, poseso, su título lo anuncia. Contado siempre desde un *yo* que percibe el mundo desde su íntima estructura —y no desde su coherencia narrativa—, nos acerca a la realidad como absurdo o a la existencia de una realidad dentro de esta que conocemos. Como en *Las Olas*, de Virginia Woolf, los personajes de *Estoy loca por ti, Ana de mis amores* no nos hablan desde lo que ven o viven, sino desde lo que piensan y sienten. También desde lo que recuerdan, con esa maña caprichosa que tenemos de reconstruir memorias y convertirlas en ficciones. De allí no solo que el hilo narrativo de cada relato sea inconexo, en mayor o menor medida, como inconexos son nuestros pensamientos y emociones, sino que, además, asistamos a una dimensión poco usual de lo humano y lo amoroso: un tejido donde principio y fin no están claros, donde nada es lineal, sino una propuesta accidentada y multidireccional.

En la escritura de Idania Bacallao parece no haber filtros. Deseo, rabia, enamoramiento, admiración, contemplación, distancia, cuerpo, sexo, se nos muestran crudos, en estado puro, acabados de nacer. Su voz es una voz cercana a lo animal, a su belleza y a sus excrecencias. Cercanos al delirio como forma de (in)comprensión, cada cuento es un universo cerrado en sí mismo donde lo erótico tiene algo de acto místico, una comunicación con un saber suspendido fuera de la lógica y lo demostrable. Incluso el lenguaje de la literatura erótica contemporánea, que tiende a ubicarse generalmente en dos extremos —lo crudo y lo directo o lo barroco y metafórico— cobra aquí una nueva dimensión, pues se instala en el ámbito de la imagen surrealista; esa que llevó a Salvador Dalí a convertir cuerpos en muebles, en paisajes, en figuras imposibles.

Uno dice erótico y piensa inmediatamente en el encuentro amoroso entre dos cuerpos. Sin embargo, lo erótico se contiene, también, en infinitas capas de la vida. Más allá de lo sexual –una puntada que va hilvanando la totalidad del libro– lo erótico se manifiesta en todas las aproximaciones sensuales que hacemos al mundo. Literalmente, en toda aproximación que hacemos a través de los sentidos. Qué nos atrae de la realidad circundante, qué sentimos por ella, a qué nos acercamos con devoción, son preguntas que ofrecen un espectro tan amplio de respuestas como humanos para contestarlas. Hay también una patología de lo erótico y no me refiero a las parafilias. *Pathos*, no lo olvidemos, es el origen de la palabra pasión. Desde allí, es posible hablar, por ejemplo, de una eroticidad de lo mortuorio que nada tiene que ver con la necrofilia, sino con la muerte como hecho estético. Todo lo que nos apasiona y, por tanto, nos hace sufrir (pasión y sufrimiento son una dupla inseparable) entra al abundante y diverso reino de lo erótico y no hablo tampoco de una concepción masoquista del erotismo. Nuestra época olvida la importancia del sufrimiento como fuente de revelaciones, su inevitabilidad. Lo contrario al *pathos* es la indiferencia. Nada que realmente nos guste nos deja indiferentes. Uno padece, también, la belleza (ya sabemos, lo dijo Rilke, que es «aquel grado de lo terrible que podemos soportar»).

Este es, entonces, un libro erótico, en toda la amplitud de la palabra, en todos los sustratos. Hay pluralidad de la pasión, hay transformación de eso en literatura. Idania Bacallao no le huye a la serpiente, le roba descaradamente la manzana. Sabe que, en su pulpa, se contienen semillas y gusanos; que el conocimiento no es nunca un camino inocuo.

He dicho antes que este es un libro maníaco. Sí, sin duda hay mucho de delirante en él. Una atmósfera fragmentada, onírica, que acerca la voz de Idania Bacallao a la de los textos de Leonora Carrington o a pintoras como Remedios Varo y Leonor Fini. Pero, en lo literario, lo delirante y la locura tienen siempre el tamiz de la palabra, que es un acto de contención, un acto racional. La hoja de papel que absorbe la mancha de tinta. Se mueven aquí lo descarnado y la mesura, lo caprichoso y lo sobrio. Los textos que componen este libro son los hijos de una experiencia límite, como lo es toda experiencia creadora. La autora se adentra en lo desconocido y mantiene, atado a su pie, el hilo finísimo de la escritura, que le permite volver. Cada cuento es la prueba de un riesgo, la frontera de lo creativo es siempre peligrosa. Una vez que pasamos la puerta, la voz de la otredad habla y, enajenados, escuchamos. Escribir es una forma de balbucear, pero palabra dibuja un contorno, da forma a sonidos e imágenes imprecisas y los vuelvo precisión y canto.

Los cuentos de este libro son trazos, dibujos que no terminaron de completarse, pedazos de un cuerpo, orden invertido. Los códigos formales de la narrativa se desdibujan también y se escapan al terreno de lo poético. Con ello, Idania Bacallao abre una ventana hacia la completitud de lo humano, hacia su vulnerabilidad y fortaleza. Nos acerca esa rareza de existir y la convierte en cuerpo palpable. Y es, también, un libro donde la comprensión de lo femenino pasa por todos sus bemoles: la candidez y lo terrible, la doncella y la bruja, pasando por la madre, la sabia y la puta. Hay una polifonía de voces que nos recuerdan que la feminidad no puede ser pensada ni construida desde un solo espacio. No lo puede ser ningún género, en realidad, pero aquí lo masculino es un lugar de enunciación fragmentado y secundario. Incluso en los pocos cuentos protagonizados por hombres, esa masculinidad está atravesada por el ojo y la presencia femenina. *Loca por ti, Ana de mis amores* es un reino de mujeres: sus temores, su sexualidad (en este caso generalmente lésbica), sus tristezas, sus alegrías más íntimas, aparecen en estas páginas. Los personajes no se introducen, se presentan ante nosotros como si los conociéramos desde siempre y, aunque sus cuerpos se desnuden, la carne psíquica que los componen se viste, se va llenando de capas.

Personajes complejos, salidos de órbita, enloquecidos y enloquecedores. Mujeres fatales, mujeres niñas, mujeres bestias, mujeres flores, mujeres luna, ventanas, asesinas, curanderas, magas, terrestres, acuáticas, místicas, esponjas, abejas, caramelo.

Y es, por último, un libro irreverente, en su forma y contenido. Un libro que socava el orden religioso y patriarcal, pero también el literario. Irreverente no porque proteste, no hay nada de panfletario en estas páginas. La subversión de Idania Bacallao no es evidente. Con fineza y a veces un maravilloso y negrísimo sentido del humor, va sembrando, aquí y allá, su pequeño y mágico caos: una filigrana tejida con espinas. En sus cuentos, como en los cuadros de El Bosco, se mezclan las criaturas más surreales, los más improbables escenarios. Hay plasticidad y asombro. Posesos, entusiastas, leemos y rozamos —por un segundo—, otra verdad, una pasión delirante. Somos nosotros quienes terminamos, sin duda, locos por ella.

Kelly Martínez
Miami, 2017

Confío en ti, Padre

A la memoria de mi abuela Maíta

Todos llevamos algún dios
dentro del alma
o en la pared

Liuba María Hevia

Estoy loca por ti

Primer libro

ARRODILLADO ANTE EL TATUAJE DE MARIELA

¡Ay, Mariela! Mariela de mis amores, mi Nirvana, mi río de Heráclito, mi caverna de Platón. Cuánto diera, Mariela de mis amores, mi alocada Mariela, mi creadora, si, aunque sea, me dejaras leer el previo aviso de tu pubis. Me dejaras quitarte las argollas de tus pezones, ¡Ay, Mariela, Mariela de mis amores!, ¡qué bueno sería!

Y Mariela de sus amores una noche se queda desnuda delante de Cher. Mariela se levanta, pero también se acuesta con Cher. Mariela tiene otro apetito.

Mírame, mírame, mi corazón es una cítara cuando te ve. Soy tu Apolo, eres mi Artemisa, mi diosa helénica.

Mariela, te siento todas las noches en la cabecera de mi cama y mi lengua camina por tus ojos de ramera, mis manos te vuelan el polvorín donde se calientan tus piernas. Mariela, estoy loco. Se me salen las lágrimas de verte, hazme caso, Mariela. Quiero ahogarme de angustia y que tú me salves con la saliva de tu cuerpo.

Y Mariela de sus amores no sale del cinematógrafo. Escribe versos para Cher, solo Cher. Cher con sus antecesores de fiebre sin culto. Cher con su religión de ofidio masculino. Cher que es un animal heráldico reptando entre los árboles sagrados de Mariela.

Te llamo Mariela y me acaricias el tatuaje y los cabellos. Mariela, hija de puta. Mariela, mi poeta. Tus cadenas las arranco una a una. ¡Oh Dios, Mariela, tus orgasmos de chocolate y menta, de miel y espuma! ¡Cómo ansío tenerlos en mi pecho, en mis lágrimas!

Y Mariela de sus amores se compra un vestido blanco para envolver a Cher cuando salga desnuda del escenario. Con las manos en los senos pidiendo a gritos: ¡Mariela, Mariela de mis amores!

Me he comprado un revólver Mariela y quiero morirme con mi lengua pegada a tus caderas. Mordiendo tu pezón oscuro.

Y Mariela de sus amores no lo ve. Nunca lo ve, porque ella está en otra dimensión, como una estatua egea buscando donde apoyar su creencia, dónde decir: Cher, Cher, Cher de mis amores.

Mariela, Mariela de mis amores cómo corro por las calles gritando. Mariela, anuncia que vas a protestar. Anuncia que vas a vomitar tu cólera conmigo. Anuncia que soy tu espíritu maléfico. Me arrebato, Mariela. Quiero estar con tus cuatro jinetes, quiero entrar en tu aposento a secarme como un bacilo encima de tu tatuaje, porque soy tu santo... medito, rezo, adivino, te libero y callo.

Y Mariela de sus amores, Mariela: estrato popular, integridad de beatitud, noticia de Hollywood, soñando con cierta fe en la Cher diáspora, hebrea, esclavista.

Mariela, Mariela de mi desconsuelo. Tu cuerpo tiene apóstoles y, sin embargo, el Mesías lo niega. Mariela, no hija de Dios, hija de puta. Mariela de mis amores, helenística lujuriosa, sin cruz ni bandera.

Y Mariela, Mariela de sus amores se compra un túnico negro como muestra de su postulado inmundo y entra al cinematógrafo definida de erotismo. Danza sin rescate hasta que se introduce sin regreso en el cuerpo de Cher, que, flemática y convulsa, domina la lengua que se desliza de pezón a pezón, de nalga a nalga, de boca a boca, de oído a oído... del ombligo al clítoris.

YO CONFIESO ANTE PICASSO

Oh–Robin, Ro–Robin. Si pudiera
decirte Romisledys

Ahora llueve. Llueve a cántaros, como dicen los que saben de extremadas aguas. Y una mujer está sentada frente al ángulo de mis ojos. Un ángulo que obligo a que se incline más, para observarla con mayor plenitud dentro de este bar.

Algunas veces sus ojos encuentran los míos y comienza cierto cosquilleo de miradas. Los grandes sabios llaman a esto: reconocimiento. Yo lo llamo: exploración. El color de sus ojos es distinto. No sé si peco cuando doy colores a sus ojos, sin casi conocerla. Pero retomando ese asunto de miradas, considero que los ojos son el apetito fiel de una persona. La mujer no huye. Se mantiene, sin pausa alguna, sobre la fogosidad que exhalan los míos. Quizás por eso sigue sentada frente a mi ángulo obligado. Sin acoso alguno.

En ningún momento, la mujer ha dejado de pintar. Mueve el lápiz como si estuviera entreteniendo el tiempo. No siento que lo hace como una disciplina, o como un deseo. Quizás, después que termine su dibujo se convierta en tal, pero, por ahora, solo lo modifica sin mucha regla ni principio.

Lo que más prima en ella no es ese acto del desdoble que le hace al papel cuando apoya y quita el lápiz con suavidad. Sé que sigue, así, una línea de cultivo para su propia creación, a una pintura que ni remotamente le interesa. Su verdadera creación está en la ventana–cartulina que ahora ha encontrado en los ojos de Wanda.

Pero para Wanda solo existe una mujer ataviada en la esquina de un bar, dispuesta en el ángulo de sus ojos. No existe todavía interpretación alguna que la confunda con la obra de grafito. A lo mejor, más adelante, Wanda recoja su tiempo dentro de esa estela de creatividad, cuando la mujer la pinte dentro de sus cultivos de azafrán.

Wanda sabe que las líneas son la vida. Y vuelve a su ángulo: el mundo ha comenzado en ese punto. La continuidad ya sería la vida misma.

El bar empieza a inspirarme. Está reducido, pero, poco a poco, las personas que llegan traen los más grandes dilemas del alma. Por eso ya se escucha, casi por lo alto, un conglomerado de palabras. No solo desde una misma persona, sino desde muchas que, ya con los suficientes grados de alcohol en el cuerpo, hablan sobre el Papa en el Vaticano. De pesadillas con caníbales, y de charlas con arzobispos y cardenales.

El ritmo es más intenso ahora en el bar, pero la mujer sigue en su progreso. Parece que la vida no la toca. Lamentablemente, todo le fallaría si comenzara a crear vínculos con los que ni, remotamente, conocen de pintura. Pero solo es una espectadora. No ríe a la hora de reír, tampoco sueña. Solo calla. Quizás su silencio sea la repercusión de mis ojos en los de ella. Un acto positivo para Wanda. Una posibilidad que también puede ser un riesgo o la trama de su propia imagen. Wanda reconoce que es un riesgo grande. Pero puede aceptarlo.

Para ver mejor el recodo donde está la mujer, he inclinado un poco mi banqueta, así siento más cercano sus labios. Me gustan. Un compromiso formal fuera acariciárselos, pero el momento todavía exige otro drama. Aún no se puede llegar a semejante ternura. Sería demasiado creativo, y hasta puede que dejara a su grafito sobre la mesa. Esto no sería un buen adelanto. La pintura podría entrar así en materia y entonces, se criticará demasiado a los que dicen que las grandes obras de arte solo nacen con éxito bajo grados del alcohol.

Como los nervios son una defensa del miedo, Wanda se ha quedado escondida detrás de los diminutos vitrales que tiene el bar. No quiere aprovechar los espacios abiertos que le brinda la mujer en los pliegos del papel. Wanda se impermeabiliza de esta manera. No le agradece a la tierra la vida que la soporta. Tiene temor, mucho temor, de ser una musa escogida o predilecta.

Aun así, la sigo mirando y paladeo los labios de la mujer. Unos labios de gesto triunfante, ricos en exceso. Lo más probable es que ella no tenga amante alguno y, por eso, introduce un cigarro entre ellos. Un acto cruel para mí, pero no voy a morir por el humo de ese cigarro. Dispuesto a morir, nunca. Dispuesto a observar, siempre. Como un autoabastecimiento, el cigarro corre muy ligero dentro de su comisura. Un ciclo eyaculado, pienso. Por momentos su carrera se debilita y llega como un alivio: saborea sus labios, los masturban, pero con una condición de deudor. Obligando a la mujer a mutilar su espíritu artístico para adentrarse en episodios terribles dentro del humo.

Quiere organizar sus manos, quizás rendirlas para pasar la terrible cruzada de aquel cigarro que no concuerda con su pintura. Pero sus manos ahora tienen cierto raro desequilibrio y se exaltan. El depredador sigue dentro de sus labios y la pintura sigue ante ella, ahora como un ejemplo de cría mal nacida. No mal pintada. Se siente cómoda y, quizás, hasta satisfecha en su ventana–cartulina.

O como Wanda, que desde sus secretos vitrales sabe que la mujer sigue un curso indefinido, quizás abstracto, sobre la pintura. Hecha para conocedores de ambientes tristes. Pero Wanda no está triste. Jamás lo estará donde se encuentra.

Errada ahora por varios rincones del bar, y sin importarle los ojos de nadie, ni siquiera su posición, a la mujer todo le parece inservible, quizás hasta las palabras. Solo la pintura sigue el curso. Y Wanda conoce que con la destreza de un artista no se juega, como también conoce que la artista solo podrá, en ese momento, pintar la depresión de un pájaro. Lo demás es asunto de silencio.

Yo temía que aquel bar oscuro se convirtiera en una estación intermedia bajo los cántaros de lluvia, donde, verdaderamente, la mujer reconoce que no sabe ni porqué, ni con qué entusiasmo entró allí, porque se ha dado cuenta que se encuentra desaparecida dentro de los ojos de una mujer cartulina, que le dice, desde su secreto lugar, que los gusanos de la tierra la pueden tragar por quemarle las alas a una cigüeña en la pintura.

Por eso me siento un poco miserable como ella. Creo que es así como nos llaman a los de las provincias, cuando miran a un artista quemar a un pájaro tan místico como la cigüeña. Nos llaman de esta manera, porque no entienden por qué poblamos de pájaros a nuestros lienzos. Como tampoco entienden por qué pintamos agua sobre las piernas de los ancianos. Eso no lo saben los que nos dicen, con despecho, miserables, dando tantos gritos y señas, como les permite la embriaguez que han agarrado en el bar.

Me atrevo a pensar que en ese mismo estado miserable se encuentra Wanda, porque ha dejado su carácter solitario y escurridizo para acusar, ante todos en el bar, que ella está dudando, desde el principio, del extraño comportamiento de la mujer que pinta sin reír, sin llorar... sin embriagarse.

Pero, Wanda, después de observar a los bebedores que la siguieron en ese salvajismo, fue confiando el arrebato del momento a su también borrachera. Su estado de embriaguez también podría ser otro estilo de ventana–cartulina, impuesto ahora por el propio alcohol, que le hace estragos matándola a tiro limpio.

De cualquier manera, ya Wanda demostró su alma sin escrúpulo. Wanda no alcanzara a ser mujer si no renuncia a la única fortuna que ahora la contorsiona en su ventana–cartulina: la borrachera.

Yo aún sigo merodeando sobre los ojos de la mujer, que ya han regresado de tanta disipación, de tanta duda. Con mis pies descalzos me embullo y camino hasta sus papeles. Los mirlos también llueven como los cántaros de lluvia y conversan sobre esos papeles. Tan cerca de ella, su figura me impresiona. Le corre tanto color en sus ojos, que me acurruco junto a su cuello y no le hablo. Tengo miedo de perder el alimento de sus mirlos.

Ella siguió conservando su eterno ritual y me sonrió. Y me habló entonces de una comitiva que llegó a su puerta de cristal, en una madrugada que noviembre se enfriaba más, por estar sin pájaros amarillos la ciudad. En ese momento, yo tenía entre mis manos un espiral para quitarle la tapa a una próxima botella, y no sé por qué, pero allí apareció una libélula, como salida de la nada.

Misterio, eso que ves es misterio, me dijo. Algo que uno no puede descifrar porque también es arte. Y el arte también es una magia. Algo que no se presagia, me repitió, extrañamente, mirando el suceso con susto. Sé que la libélula se adornó su cuello al caer en su vuelo engarzada, punzada por el espiral. Moría, así, una bella obra sin que nadie fuera su ceramista. Sin nadie proponerse su exterminio.

Seco y mustio, lo poco que le dije fue: «murió la reina de esta bella historia»... después, la besé como un compromiso formal. Así nos quedamos, con los labios húmedos y musitando cortas palabras, ahora, con nuestros ojos pegados a los mirlos. No era la primera vez que se nos juzgaba de miserables. Wanda alzó la cabeza, ya un poco lucida desde su ventana–cartulina, y gritó: «¡Oye, Picasso, yo puedo confesar que somos inocentes!».

Y sin contestar palabra alguna, Picasso se fue moviendo de su secreto ángulo. Ya no veneraba aquellos ojos que lo habían mantenido atontado en el simple sueño de otra de sus pinturas. Esta vez, le había fallado su prodigiosa visión. Wanda duró lo que otras pocas libélulas, su muerte estuvo en la condena de sus ojos.

Cuando cerraron el bar, ya Picasso tenía los huesos dolidos por la ausencia de su pintura. Y ni levantó su mano para señalar a la única mujer que se atormentaba, a través de la ventana–cartulina. Solo se secó el sudor de la frente y con su hambre de amor, y gastado de tanto mundo, recogió la libélula muerta y la guardó en el pañuelo que siempre llevaba consigo, como la única prenda de su historia personal de quejas, crisis y enfermedades, que le imponían los que comentaban en el bar.

UNA MISIÓN PARA DESPERTAR

Mis pies descalzos ya cuentan nuevamente las losas de mi piso. El teléfono me amenaza con un sonido muy fuerte. Y ya me quiero dormir, para que alguien me cuente cómo se forman las burbujas dentro de las botellas. Pero las mujeres. Estas mujeres debieran llamarse putas y jamás mujeres. Siempre están amenazando, como lo hace el teléfono ahora.

El espejo es el único que me mira dentro de mi cuarto. Tan varonil, que pide y pide con gritos y exigencias. ¡Maldito...! ¡Maldito...! Ya mi sangre se acalora nuevamente, aunque el frío del piso mantiene mi cuerpo gélido. Qué cuerpo, diría Andreu, mi amigo. Me sonríe. Recordarlo es acariciar su siempre erotismo desbordado.

Cuento los dedos de mis pies. He amanecido con los mismos. No pasan de diez, todo lo contrario, a las mujeres. El teléfono hoy marca once mujeres. Un dedo femenino más y una mañana más con el mismo sabor a círculo. A burbuja que quiero encontrar. ¡Qué intransigencia!

Las piedras ya están cayendo. ¿O soy yo quien se está cayendo? No lo sé. Creo que mi brazo derecho se esfuma. No deseo moverlo, pues sería accionarlo, saber que la palabra va a entrar por ese aparato, como entraría Tiziano a su color amarillo en el lienzo. Pero tengo que contestar. Puede ser Madre. Las mujeres suelen ser madres en muchos casos.

Espero... Dos, tres... El segundo se me convierte en minutos. Al fin, mi brazo derecho camina el espacio entre la almohada, la frialdad del piso y el teléfono. Otra vez la mujer. Su voz. Son las seis de la mañana. Ahora estuviera en Holanda con Betty, con un frío de seis grados. No hubiera teléfono, solo su bicicleta. Pero Betty no está como yo, semidormida. Hace mucho que parqueó su bicicleta en la puerta de su negocio y yo sigo aquí, con una cruz de teléfono feminista aumentando mi soñolencia. Tengo deseos de aullar. Pero su voz elimina hasta el avión donde pude irme para Holanda. Estoy en Cuba, y La Habana y sus mujeres me mortifican, ahora que tengo tanto sueño. Coloco mi cuerpo de lado en la cama, la voz ruge, similar a mis deseos. Mi oído espera. Por todas partes estoy sitiada. Si Andreu me viera, diría: «ya no estás etérea». Pero quién se volatiliza con este sueño, si este teléfono es una vagina, hay que ponerle lengua para que oiga. Y ya mi lengua está en esa vagina. Así, y solo así, firmo un pacto entre su voz y la mía, y escucho otra vez: «Mi amor, tengo los dedos húmedos, aún no los he contado, pero ya el espejo me come»... Hombre de azogue, como tú le dices... La maldigo en secreto: ¡Estúpida! ¡Estúpida! ¡Comemierda! ¡Tengo sueño!

Quiero dormirme, pero su voz acosa, otra vez, hasta a las mismas flores que he puesto en mi ventana. Y este teléfono es tan maldito, que ahora me recuerda el insomnio que tuvo Anna, mi modelo. Anna que siempre ha sido una mala palabra o una puta de melancolía. No sé por qué, este recuerdo, ahora, será porque ella es la genuina salmista de la leche.

Mis pies descalzos los elevo, sin embargo, no me envuelven como la voz del teléfono, que ahora está cautivadora e inaugura cierta masturbación matinal con su olfato. Huele mi leche, al igual que Anna. La endulza. Aunque su voz sabe que mi amor no cabe en sus llamadas, pero no le importa, así se despoja. Cierto terror me acompaña. Quizás sea una rebelión para salvarme, como se ha salvado la pintura que mi amiga Vilma ha colgado en mi pared.

Salvarme... salvarme... de este sueño. De esta voz, de este réquiem de cada madrugada. Pero no quiero volverme sorda porque el teléfono, a veces, es atractivo. La cautela no vale dentro de este fuego que es su voz. Me desvelo y hasta escucho tangos antiquísimos. Entonces, nuestros labios comienzan a enhebrarse, la parábola de cada mañana como una verdadera pareja en vivo. Ella, yo... suaves, a ratos por quejas, a ratos por recuerdos. Como si nos cortáramos las manos con nuestras propias manos, reservando para el enemigo reproches, amenazas y enfrentamientos.

Le quiero decir: «Puta, quiero dormir... Deja esta morriña de cada mañana para otro día». Dejarlo todo, todo, todo, hasta los barcos que cuento cuando entran al puerto, pero su voz se aceita como una victoria más. Y pienso: ojalá perduren otras mujeres. Por lo menos, así se cavará mejor esta tumba. Ahora me entran deseos de tomarme un café. Todo fuera tan fácil. Colgaría el teléfono y la voz se muriera como un toque mágico. Pero no sé hacer café. Andreu siempre le llama guadaña a esa agua que cuelo. Creo que mi vida no ha necesitado nunca de ese café, como tampoco ha necesitado de esa voz. Estoy obligada. Me quema. La vida íntima de las mujeres, no sé... siempre es tan perdurable.

Recuesto el auricular a mi cuello. Gracias a este, también nos conocimos. Ahora lo destruiría con muy ganas, pero no, no lo hago. Mejor distorsiono su voz, como he aprendido a hacerlo. Ahora ya no es la misma voz. No quiero que sea la misma. Ahora siento la de Anna. No es mi culpa, algo ha ocurrido. Quizás, Anna es mi urgencia, por eso dejo que la voz se despoje de sus malas inquietudes. Y me grite: «¡Cobarde, clandestina!». Me dice temperatura de perro, para vengarse, vengarse... No la escucho. No la puedo escuchar, porque ya Anna está como un columpio, donde la pinto meciéndose sobre mi vientre.

Y la voz, aquella voz que fue cadenciosa en su tiempo, ahora se me olvida, porque Anna ya ha gritado su primer: «¡Nanyn, te amo!». Y comienza entonces ese goloseo que a ella le encanta, pidiendo y más pidiendo, sin dejar de gritar que mi talón derecho la penetre por sus nalgas. Aquí soy más acróbata que amante, porque sujeto con una mano bien fuerte el teléfono mientras con la otra empujo mi pie, para que el talón me caiga directamente en su profundidad. Entonces, Anna se desespera y la movida de su columpio quiere quebrarse porque habla, grita, aúlla, dice: «¡Nanyn, Nanyn, tú eres mi saga, tú eres mi ojiva!».

Todo esto hace que la voz del teléfono se haga de un pretexto para no irse, y yo decir, una y no sé cuántas veces: «¡mierda, mierda, y mil veces mierda! ¡Cuán jodida me tiene!», Pero a la propia voz le da ese gorgojeo mío de mierdas y más mierdas, más deseos para seguir como un cubierto pegado a mi boca, ahora que se la come, se la traga como a un exquisito manjar.

Entonces, siento náuseas, revoltura, ganas de mandar para el mismísimo carajo toda su melodramática y puta asquerosidad telefónica. Simulacros de embarazo que todas las mujeres padecen, cuando otras mujeres se encaprichan en acosarnos hasta en el propio orgasmo que queremos soltar sobre Anna. Porque a Anna le encanta el maquillaje con orgasmos. Y se pinta los labios, los párpados y hasta se diseña tatuajes, que son la más pura creación artística de sus excentricidades en la cama.

Por eso es que ahora se coloca de cuclillas. Entonces, el teléfono se queda buscando. Y la voz, también, se queda, pero buscando el grito de mi orgasmo. Pero no le voy a regalar esa sensación. No quiero que se haga de su carta de triunfo y callo. Lo último que dije fue: «ahora soy el silencio».

Y es que Anna no se guarda nada cuando se entrega, así sea en este sueño que tengo. Un orgasmo, dos orgasmos, tres orgasmos… que le sirven para pintarme en mi tobillo derecho un rostro de Chaplin. Este es el único contraataque de Anna contra la voz, que ahora grita bien fuerte, como si toda mi sofocación fuera por ella, y se pierde, se libera, se sacude desde otro lugar de La Habana, con un orgasmo sin columpio. Y que por su culpa se me han roto todas las teclas del auricular, que se me ha ido de la mano para caer todo revolcado debajo de la cama, como si estuviera borracho, o como si también estuviera teniendo un orgasmo.

Entonces, me desperté con la boca y con la cara llena de húmedas burbujas. Andreu, con una botella de agua entre las manos, me mojaba gritándome: «¡Despierta, despierta etérea... y cuéntame de quién es esa vagina y ese teléfono!».

IMÁGENES

A Levin Díaz Lima
Y Lennon, de nuevo,
volvió a mirar con sus ojos de espuela,
la guitarra de su vida...

Está desnudo ante la estatua de Lennon. Nadie lo ve. Unas flores violetas permanecen como estáticas entre sus manos. Masculla algo, mirándole los ojos a Lennon, como si ya estuviera a punto de morirse. Las palabras pronunciadas, con voz cada vez más fuerte, se le escapan desde el fondo de su pecho, y dando un paso hacia el artista, se dejó caer de rodillas. Algo tumultuoso subía dentro de su pecho y le pareció que sus entrañas le latían como le latía el corazón. Tenía la sensación de ser una bestia atrapada en una trampa de la que no podía escaparse.

De pronto, oyó su voz, su propia voz que le hablaba, quizás, para salvarlo de alguna manera. Pero los pensamientos que había ido escondiendo, terminaron empujándolo hasta allí, desnudo. Una melancolía, que tal vez no lograría curarse jamás, lo mantiene de cuclillas frente a Lennon. Y sintió miedo de disgustar al artista confesándole que no creía en su muerte, que para él todo era una artimaña más de su espíritu

Después de esperar en vano alguna respuesta de Lennon, siguió como si nada hubiera dicho, adoptando una nueva táctica. Una extraña reflexión se le metió en su mente: Y si Lennon, con sus hondas decepciones, se hizo pasar por muerto y hoy está vivo en La Habana...

Con este pensamiento de amargura lo miró nuevamente, esta vez con el corazón más que oprimido, como si la vida ya lo fuera a quitar de esa posición. Luego, se indignó sacudiendo muy fuertemente las flores violetas.

Mirando en torno suyo, un pavor sin nombre casi lo acechó, ahogándolo, y sintió que su angustia se agigantaba tanto, que sus ojos se clavaron en los espejuelos de Lennon, y con cierta y penosa dificultad, y con una necesidad muy nerviosa, agotado quizás, más que por el sufrimiento, le atrapó las gafas. Ahora con cierto aplacamiento, pero con un aplacamiento hastío, le limpió los cristales con sus manos. Ya no era capaz de experimentar más nada. Si Lennon vivía en La Habana, reconocería sus espejuelos, sucediera lo que sucediera.

Sus ojos dilatados, el rostro inquieto, pálido, casi macilento. Y sus labios entreabiertos, como dispuestos a gritar, ya perdían el color. Bajo la luna llena, la calle continuaba vacía como si hubieran barrido a toda la población habanera. A veces, un viento suave soplaba sin ruido, le tuvo horror a ese viento y a esa luna llena, que todos obedecían para exagerar los antojos. Esa cobardía lo sacaba aún más del lugar, e impaciente por hacerse reconocer, volvió a pronunciar: «Si tú, Lennon, estás vivo, pronto estarás buscándome».

Su corazón se movía agitadamente y se llevó el puño al pecho, como para detener ese ruido precipitado que otra vez le resonaba en todo su cuerpo. Estaba a punto de caerse, experimentando algo semejante a una sacudida del mismo viento que todavía se sentía, y se volvió para ver el borde del cantero en el parque.

Su cabeza, su mano, su brazo, su cuerpo entero, formaban un solo crujido. No eran todavía las doce y se estremeció. Ahora no se trataba de estar triste, o de estar temblando, o de tener miedo. Tenía que esperar, las doce de la noche traería fuerzas desconocidas para los dos.

Bruscamente, recobró sus fuerzas y se levantó. Poco a poco, una deliciosa serenidad fue penetrando en su alma, así de pie, al mismo tiempo que un vértigo se adueñaba de todos sus sentidos. Le parecía que ya no era él y que estaba viviendo una vida ajena, pero esa misma especie de aniquilamiento lo mantenía clavado en ese sitio, como una alucinación rara que se apoderaba de toda su mente. Miró hacia Lennon, ahora buscando la explicación de su postura. Pero

Lennon, con el rostro iluminado por la luna llena, continuaba distante, con la voz apagada y con brillo de estatua, al borde del cantero del parque.

Lleno de rencor por la espera de las doce, dejó caer su cabeza hasta tocarse el pecho, retorciéndose las manos en silencio. Ningún dolor sufrido antes era comparable al de esos terribles minutos, que ya duraban más de un cuarto de hora. Por primera vez, se hallaba ante una realidad horrenda que le corroía el recuerdo de su dolor. Una vez hecha la promesa a su hijo, el frenesí se extendía aún más dentro de todo su cuerpo. Y un sollozo gigante lo estremeció, recordando como lo habían matado, y se sorprendió como si ese sonido corto y ronco que ahora partía de su garganta, proviniera de otro ser. Hasta ese momento, no había conocido lo que era llorar. Y mirando nuevamente a Lennon, tuvo la cruel visión de la soledad que el dolor creaba en torno suyo.

Después de tantas semanas de dudas y de incertidumbre, ahora veía más claro todo lo que había sufrido. Y se asombró de no haber imaginado antes ese medio. Era su última probabilidad para cumplirle la promesa a ese único hijo loco, que, con la idea supersticiosa de la música de Lennon, lo asesinó creyendo en la resucitación. Entonces, comprendió al hijo y comprendió su impotencia ante la muerte que le dieron. Ya nada podría influir sobre el hecho de que su hijo era un loco perdedor. Hizo un violento gesto de cólera contra los hombres que lo mataron y reconoció que, tanto él como su hijo, eran dos locos supersticiosos y perdedores. Pero, pese a todo, su hijo fue inocente. Arrugó el rostro y todo el desasosiego que el miedo y la cólera le habían deparado, fueron cediendo, dando lugar a una melancolía más terrible aún.

Hasta entonces, había estado demasiado triste, demasiado atemorizado para precisar todo lo que existía de humillante en su actitud. El rencor iba cediendo, pero las ideas clavadas en sus recuerdos descubrían una mueca que se dibujaba bajo sus párpados. Su hijo, con aquella infancia, admiró a Lennon más que a Cristo. Pero su vida de loco lo llevó hasta quitarle sus espejuelos, a él. La ingenuidad del aquel muchacho, el cantante no la entendió y desconfió de aquel gesto, provocando que su inocente hijo se echara a llorar y que una gran debilidad se le apoderara, doblándole sus piernas, cuando abrió fuego hasta martirizarse con su propia acción. Consiguiendo, solo con esto, que Lennon, ya en sus últimos estertores, le regalara las gafas, quizás como un perdón paterno. Sentía ahora entumecerse sus miembros y su cerebro, ya fatigado, no le obedecía. Era como un encantamiento de voluntad. Inclinó la cabeza, sin moverse durante unos segundos, solo mirando un rayo de luna que se extendía sobre el rostro de Lennon. Bien hubiera deseado librar a su mente de ese estado convulso, pero el canto de las campanas de la iglesia le infundieron fuerza para que el flujo y reflujo de sus recuerdos aumentaran.

El reloj daba, así, las doce de la noche. El sonido de su propia respiración lo enloqueció más, pues creía reconocer en él la misma respiración espesa y ronca de su hijo, cuando lo recogió muerto. Pero, recobrándose, reflexionó con la vista fija en la imagen de Lennon, largo rato estuvo en esa posición. Su cabeza estaba débil, pero podía sentir su violencia hasta en el fondo de sus entrañas. Entonces, lo hizo. Se dobló en dos y se apoyó con ambas manos sobre el rostro de la escultura, permaneciendo, así, algunos segundos, a pesar de los temblores que le recorrían el cuerpo. Por su boca entreabierta se escapaba un soplo, un quejido. Su lengua estaba seca, sin embargo, no se detuvo, la sola idea de la promesa le pareció la justificación de lo que estaba por hacer.

Lanzando un suspiro, como un grito de aullido, comenzó a golpearse contra la escultura. Con una irritante precisión, los golpes le traían un sinnúmero de recuerdos. No quería dejarse influir por lo sórdido y melancólico de esos recuerdos, pero, en su atolondramiento, ya nada le importaba. Solo seguir y seguir golpeando a Lennon, para destrozarlo con su propio cuerpo desnudo. Por nada en el mundo abandonaría esa promesa que había guardado durante tanto tiempo en su alma.

Una vez más, Lennon aparecería muerto, y con su cabeza lo golpeaba una, dos, tres y miles de veces. Pero la escultura de Lennon seguía muda e insensible, como aquella vez frente a su hijo.

El dolor de cabeza ya le golpeaba las sienes, ahora agrietadas. Su sangre era como un charco de agua a los pies de la estatua, que, ya estancada, la tierra la absorbía. Lo mejor era ir más rápido, pensó en su arrebato. No sentía cansancio y tuvo un gesto de euforia, como si se escapara de un peligro, cuando sintió que Lennon se estremecía con sus golpes. Se recreaba pensando en el horror de ese lugar, a la hora del amanecer, cuando todos, con curiosidad, encontraran a Lennon mustio, destrozado por completo en el parque. Lo mismo sentía frío que calor, y los gritos se le quedaban tragados en la garganta y lo ahogaban. Sus ojos permanecían secos, estáticos, y tenía la necesidad de sentir que no estaba solo, que su hijo lo acompañaba. Por eso arremetió, con más fuerza y con todo su cuerpo, contra aquel hombre que calculó rápidamente ante su hijo.

Se echó hacia atrás, por última vez, como una prueba más de sus violentas fuerzas, y con un último golpe firme y rápido, logró ver el cuello volcado de Lennon. Sus ojos se le llenaron de lágrimas y él también fue cayendo, justamente debajo de aquella cabeza de acero fundido. En ese momento, vio la resucitación de su hijo y muchos detalles que nunca había comprendido, volvieron, pero por esta vez mas nítidos. Ahora, todos los ruidos de su interior le llegaban apagados, distintos. Un gran vacío se dilató y un silencio parecido al espanto rompió la promesa, cuando logró colocarse sobre sus ojos destrozados, los espejuelos de Lennon.

COLLAGE

He aquí, lo que ellas entienden por amar
por encima de todo...
          William Faulkner

Inserta la cinta de vídeo en el equipo mientras observa los créditos de la película, comienza a desnudarse. Se recuesta en el diván, sin quitar la vista de la pantalla, donde dos muchachas retozan. Se contrae. El cachorro que tiene entre piernas está taciturno, sin darse cuenta comienza a acariciarlo. Da una estampida y se estremece. Piensa en ella, ahora puede llegar. Se atormenta, cierra los ojos y la recuerda contraída, con una mano acariciando su sexo. Sin pensarlo, busca algo para esconder al cachorro, alcanza el cojín y lo empuja contra el animal que ruge agrediendo.

Abre los ojos y observa la pantalla, que ahora cobra más erotismo con un hombre que aparece, envuelto en una toalla, entre las muchachas. Esto lo inhibe. No es lo que quiere sentir, desea sentirla a ella. Pero ya no está desnuda para él. Ya tampoco se saborea los senos, ya no se acaricia el pubis... Ya no dice: ¡ven, es hora...!

Palpa su cachorro y nota que está desfallecido. Se levanta del diván y regresa con una copa de vino. Lo riega por todo su cuerpo sin quitar la vista de la pantalla.

Ella, siempre ella y una emoción corroyéndole. Ella, toda desnuda entre velas encendidas, besando cada costado, cada pedazo de cuerpo. Ella, que retoza como un animal cuando pide más y más la furia de Eros.

Pero ahora ya no es ella. Ahora es otra. Es la mujer de una maldición nocturna. Lo evita, lo rechaza porque es libre. Y cuánto recuerdo le trae la palabra libertad. Esa libertad de grito cuando la penetraba y entonces, se retorcía... con caderas, vientre, piernas. Y con un último grito de suspiro, se salía de aquella penetración para terminar con su gemido de guerra erótico: «¡libre, libre, libre!»... Y tras el grito, enroscarse como una gata dentro de sus piernas, para hacerle eyacular todo semen que quedara dentro de su cachorro. Vuelve a mirar la pantalla, así trata de olvidarla. Las dos muchachas están a horcajadas sobre el hombre. Se sienta y recomienza la caricia del cachorro con más frenesí. Tira la copa vacía por el aire, haciendo gran estruendo. El cachorro se yergue. Quiere esconderlo debajo del cojín, pero no lo logra. Ahora está en éxtasis. Gime, aúlla. Grita el nombre de ella y, con el nombre, un sobresalto que lo hace salir de su letargo libidinoso. Está destruido. Ella es una mujer nocturna. Se lo ha dicho. No quiere hogar, ni cama donde encontrar vejez. Ella es una mujer nocturna. Ella es una mujer nocturna... Se lo repite varias veces para entenderla.

No logra concentrarse en el vídeo y cabizbajo mira a su cachorro. Lo escupe una, dos... tres veces. Se levanta nuevamente, pero esta vez busca la crema mentolada, hace que el cachorro se alimente dentro de la misma. Explota de ardentía, pero jura que ahora sí lo exterminará.

Un calor endemoniado comienza a subirle entre sus piernas. Lanza un gemido y agarra con las dos manos al cachorro, y sudando copiosamente, lo hace mover una y muchas veces. El cachorro agredido le responde.

Trata de acercarse al orgasmo, pero un extraño ruido lo hace salir del éxtasis. Las cortinas del cuarto ahora se mueven. Seca las lágrimas con el dorso de la mano, traga seco y mira hacia el umbral de la puerta. Allí está ella.

Se levanta con agilidad y trata de apresarla entre sus brazos. No acierta. Vuelve a abrir los brazos, pero ella no está, se ha esfumado, y un dolor agudo lo paraliza. Se pone rígido y siente las mandíbulas temblar.

Un estampido en el televisor lo hace recuperarse. Toma aliento y sale andando lentamente hasta su cama. Se tira desmadejado, levanta un brazo y lo sumerge debajo de la almohada. La pistola apunta sigilosamente hacia el cachorro...

LA NIÑA, LA PINTA, Y EL SANTO DE MARÍA

Confieso que soy una puta hechicera. Una puta a la que también le gustan las mujeres. Lo admito sin pudor. Confieso que también tengo cruces de cenizas sobre mis senos, que es otra puta maldición en mi vida. Todo este enredo de maleficio se lo debo al evangelista más malnacido que conocí en mis años de vida: un fray.

Pero todo esto cambio cuando Ahinoa, con su boca de autista, su lesbianismo avieso, su Kama Sutra de premoniciones y su umbilicomancia, llegaron a mi vida como un terremoto predescubridor. Simbólica del pensamiento humano. Y con su punto de vista de que el lesbianismo es una seudociencia sin estudiar. Y el ser puta es un delito que preconiza a los genios maléficos y a los demonios, Ahinoa se descubre y existe.

Todo esto tiene lógica. Porque si se falla, al estilo del siglo XVII, el dictamen llega así: Ahinoa, observando tu faz y examinando tu cabeza simbólica, te condeno, no a cadenas, sino a la horca...

Pero Ahinoa es tan fatídica, que la soga se ha partido como en un libro sagrado de los persas, y se ha evitado, así, el cumplimiento de mi dictamen. Que, dicho sea de paso, lo firmé como Yocasta, para ver si Ahinoa hacía como Edipo, errar con sus ojos arrancados. Pero de complejo de Edipo, Ahinoa no tiene ni para una bendición.

Como una fe cristiana, cuando la puta cae de rodillas, una lesbiana la santifica y levanta. Condiciones de idealismo. Palabras de Santos Evangelios o contrato de capitulación dicho por la judaica Ahinoa, reina absoluta de esta concordia. Pero la reina aquí soy yo, hasta con diploma rubricado. Ella no. Ella ni lesbiana ni puta, simplemente mujer, con sellos de plomo y escritos de pergamino entre sus piernas, según ella.

A veces, procuradora reservada a escucharme, pero mis caracoles renuncian como hermanos de ley. Y en el nombre de Dios todopoderoso, Padre, Hijo y Espíritu Santo, más tres personas verdaderas, que por supuesto son Judas, Caín y Satanás: en Ahinoa los tres. Todos se asientan y no hablan. Pero como una mercadería traída de la India, mis caracoles sí le cortan el paso a la gran armada que trae Ahinoa, como título de la segunda expedición. Su secreto: un Monte de Venus esposado a sus cánones convencionalistas. Y como una cronología que se usa para dividir el globo. Y que pudo muy bien el Almirante, en ese momento, hacerlo, pero que no lo logró con los sefarditas, porque el astrólogo Paraíso Orinoco se confundió en el envío del poniente, en ese momento, porque Ahinoa, avalada con una regla de diplomacia astrológica, se hizo solemne, no porque iba a dividir el globo, sino por un merecido dolor de ovario, que a cincuenta leguas se escuchaba como un modelo de guarismo primerizo en dicha astrología. La división del globo, se dijo, entonces para otra oportunidad.

Ahinoa se quedó adolorida como una uña de caballo arrancada. Una derrocha de hipótesis se hizo, hablando solamente de ella. No por prioridad. La sospecha estuvo en su mutua vigilancia conmigo, porque ella es un mandato de función con más de tres décadas de traición secreta. Sus credenciales se encontraban firmadas ante los propios Reyes Católicos. De ahí su excesiva relación con el salón de mapas de Sir Charles Bianco, que, con su permanente hipótesis de un nuevo mundo, la recibía siempre con las piernas abiertas.

Fue el propio Cristóbal Colón quien actuó como plenipotenciario para traerla hasta aquí, un primero de septiembre, estableciéndose, así, el primer debate con una lengua de firme voluntad cervantina. Emisaria, experta, negociadora y concreta... Última opción: su aflicción secreta. Con el odio de quien huye durante o más de cincuenta años (porque Ahinoa es de un Folio antiquísimo en el Registro), su Kama Sutra y su umbilicomancia son documentos que no descubren nada. Por supuesto, que, si llegan a descubrir algo, es esa aflicción secreta.

Yo, propiamente, recogí a Ahinoa. Aquí estaba mi maleficio: mis tetas de cenizas salieron de mi blusa como del trono de un monarca. Al servicio de su majestad, le dije. Me leyó su biografía oficial, muy corta para aplicar una amnistía general. Después, con la distancia indicada al miedo, hoja tras hoja del Kama Sutra fueron cayendo sin disimulo a sus pies. Mis tetas fueron la célebre raya del Vaticano. No hubo competición, ni rivalidad, solo estampida. Ahinoa evitaba inconvenientes con discreta emoción. Mis tetas, con sus imborrables cruces de cenizas, perseguían la tentación de vencer, de un momento a otro, a la ilustrada, que más que ilustrada era un ojo beduino y fogoso a través de una pared.

Y como una escalada bélica, y ya cayendo sus secretos ante la ruta exacta de mis cruces, su boca apresó (como una práctica, me dijo) la primera ceniza que había sobre el escote de mi blusa. La fuerza de la disuasión fue desplegada, cuando supo que mis tetas, mis cenizas y mis cruces eran de un sabor dulce.

Así lo afirmó escribiendo en su diario: «Tetas con cruces de cenizas, incurables como los pequeños andaluces, dulces, muy dulces, pero maldecidas por un fray». Y a continuación, una nota muy pequeña: «Para evitar publicidad se sustenta la costosa maniobra de eliminar dichas cruces de cenizas, mamándole los pezones con una oferta de envío de canela, firmada y autorizada por el mismo emperador del Kama Sutra».

El encargo de la canela se ajustó al prototipo de sus letras en el diario, pero vino como una venganza. Ahinoa siempre era muy pudiente. Lo sé, porque mi línea es, también, de su otra epopeya. Pero llegó y la trajo un hombre de la Tierra del Fuego. La travesía que hizo diversificó muchos intereses, y empujado por la epopeya que Ahinoa le había descrito, la canela sería el eventual conocimiento para borrar mis cenizas.

Su miembro, como una carne de tortuga vieja y doblado como el Cabo Blanco, traía la primera visión del planeta en un hombre de la Tierra del Fuego, también una cruz de ceniza aparecía sobre la cabeza redonda de su masculinidad. La canela solo reveló que mis tetas de cenizas eran los mapamundis de una puta: «La serpiente que, con moderada ambición y cierta pestilencia perfidia, vende lo sagrado y lo profano, infectando al mundo entero».

El campeón de mis diligencias, como puta profética con cenizas, que ahora era, se aprovechó de la potestad del descubrimiento de la canela y armado con una pequeña cruz de madera y con atribulada brutalidad, me enseñó aquel doblado miembro como el Cabo Blanco para exclamar: «¡esta es la cruz de la cólera de Dios, nos aliviaremos de estas cenizas!».

Una simple, fría y doblada credencial desde la Tierra del Fuego, que no pasaba por otro nombre que el de pinga.

En ese momento, Ahinoa libraba con ella misma una portentosa pelea para solventar sus discrepancias sobre el dominio de aquella pinga, predicadora ahora de privilegios y concesiones, hechos solo para mí mediante la salvadora canela.

Y apenas tuvo tiempo para indicarle a Don Jerónimo Alonso, nombre de negociación que dijo aquel embajador, que ahora, todo embadurnado en canela, leía las reglas precisas del nuevo invento, para llevárselo a las tierras que nadie habitaba y que así lo consagrara solo para ella.

Ahinoa, con su advenimiento del Anticristo y del Juicio Final, solo pudo lograr que Don Jerónimo Alonso le permitiera enfrentarse a él con el Kama Sutra y su umbilicomancia, para destinarse a un desemboque de humanismo renacentista. Entonces, comenzaron a caer nuevamente las hojas del Kama Sutra, para, así y sencillamente, decirle a Don Jerónimo el deseo de cristianizar, ella y solo ella, mis tetas de cenizas. Adjudicándose, así, con este parloteo y esta caída de hojas, la primera mamada de cenizas de la pinga oscurantista del hombre llamado Don Jerónimo Alonso, hijo ilegítimo de un Rey de Castilla con una cronista zurita.

Pero ser puta, gustar del lesbianismo, tener ojos huecos como de cigüeña y, para el colmo, ser hechicera, es una falta de clérigos en su nacimiento. Es por eso que permito que Ahinoa duerma con el ternero y con el león, pues sus sucesivas demandas de procuradora obligada pueden sucumbirme o envenenarme con sus perturbaciones, ante mis caracoles o ante mis tetas de cenizas. Mi ilustración, ganada en el Vaticano, aún sigue divina e ilustre. Y este reconocimiento tengo que cuidarlo, para evitar el veneno de sus audiencias.

Pero yo soy maléfica, ya la Santa Fe Católica me ha decretado como tal, por culpa de Ahinoa. Por tanto, estoy maldecida, y la pinga de Don Jerónimo me maldice más cuando me penetra sin canela, porque la echó al olvido, por esa premura que traen siempre los que llegan con herencia de tronos de monarcas desde la Tierra del Fuego.

Mis clarividentes caracoles intentaron disuadirlo de no continuar penetrándome, para que su procesión con la canela no dejara de gozar y ofrecer un mayor predicamento. Incluso, hasta los enemigos más ambiciosos de Don Jerónimo lo alertaron (desde lejos), pero su ambición terrenal con mis famosas tetas de cenizas no le dieron tiempo suficiente para pensar, y su pinga doblada, oscurantista y grisácea, se coló con su carne de tortuga vieja dentro de mi vulva, creyendo que yo había gritado: «¡Jerónimo es un Dios...!», pero lo que yo sí había gritado era: «¡Ahinoa, hija de puta!... ¡No crees que Roma es muy grande para este César!».

El paganismo y la corrupción ingresaron en la historia de Ahinoa, con una urgencia de combate. No pudo soportar la ganancia de verme bien clavada por aquella carne vieja de tortuga. Y como ley natural que une las tierras por medio de la fusión de las sangres, las aguas y los gustos, se lanzó como una maestra de ceremonias. Mi asombro y su honra fueron el primer contraste del momento. El segundo contraste lo capituló Don Jerónimo Alonso, que, mostrando su semblante de príncipe cristiano sin catolizar, no renunció al combate con dos mujeres y gritó su leyenda mística: «¡Mamen, mamen coño... que mis cenizas son el contagio maldecido de una puta francesa!».

La salvación feminista no se hizo esperar, esta vez, para Don Jerónimo, porque tanto Ahinoa como yo, convencidas de nuestra secular congregación puta/lésbica, dimos lengua y más lengua a la única carne vieja de tortuga que teníamos delante, como una originaria más de la puta Francia.

Fue difícil precisar cuánta ceniza se adelantó a los orgasmos. Ahinoa fue quien se encargó del procedimiento, y como una gran teóloga, encargada de reflexionar sobre las consecuencias incalculables de la trascendencia, sacó su dedo índice del hueco de las nalgas de Don Jerónimo y con suma benevolencia lo agitó bien alto en el aire. El dedo, sin errar y también muy lleno de cenizas, fue a parar dentro de la boca de Don Jerónimo.

Estimaciones empíricas de la gran Ahinoa, que, ya aprovechando la convalecencia de Don Jerónimo, porque le faltaba su dedo entre las nalgas, miró hacia el astrolabio del famoso Rabino Zacuto, el hombre del Almanaque Perpetuo, que por la amargura del destierro lo olvidó. Y como un gran veredicto, lo descolgó de la pared y buscando una inclinación solar entre su zona más íntima y la mía, lo fue introduciendo, primero en mi disponible hueco y después en su disponible placer.

La sórdida negociación no le combino al hombre, que trajo la canela de la Tierra del Fuego y, espantado como si fuera el último emir español, colocó sus nalgas en mi boca mientras que su cínica carne vieja de tortuga caía como una nueva ruta dentro de la boca de Ahinoa.

Con mucha cadencia primero y después con gran fuerza libidinosa, los tres, él de pie y nosotras de rodillas, degustamos nalgas, abrimos vulvas, ensalivamos culos. Deglutimos la cínica carne vieja...

Muy cerca de mí, ahora, las tetas rosadas de Ahinoa se sobresaltaron tanto, que me invocaron a dejar a un lado aquel culo peninsular de Don Jerónimo, para chupar la punta de sus pezones, ya, después, fui sacándole el astrolabio, poco a poco, de su disponible placer, para colocárselo en el criterio de convalecencia que tenía Jerónimo: su culo, que ahora aullaba como una doncella por la felación astrolábica.

Se entonó un solemne cántico de acción de gracias, que no se supo ni de dónde provenía. Y yo opté por meter mi lengua en la zona tórrida de Ahinoa mientras el cántico seguía escuchándose con más solemnidad. Ya cerca de la víspera de los orgasmos, y rendidos de tanta orgía, Jerónimo, azotado por mi astrolabio y mamado hasta la última salvedad, fue completando su circunvalación astrológica, extrayendo la canela con gran decepción infantil. Pues su quimera de cenizas estaba expuesta, ahora, sin sonrojo alguno sobre cada una de sus nalgas.

Don Jerónimo, ya sin razón ni hálito de vida y como un santo de María, cayó desmadejado con el astrolabio apuntando hacia las tres carabelas que ya llegaban, seductoras y arrogantes, en busca de las dos mujeres con cruces de cenizas, que estaban rescatando el olor de la canela, para salvar el único enigma lésbico que había dentro de la isla, cuando las Tablas de Inclinación del Sol descubrieron, terrenalmente, lo que había hecho Cristóbal Colón.

THANK YOU, GIRL

I

Aquella noche, Cristo ni siquiera se descalzó sus sandalias de pescador cuando Belissa y yo nos encontramos. Tal parece que ya había descubierto el espejo, donde ella y yo nos contábamos sus panes multiplicados. Y decidió quedarse con las sandalias puestas para, quizás, después enredarse con la arena gladiadora que él mismo nos brindaría.

Y no se ha ido, está aquí como una tisana, encendido, mirándolo todo. Esperando que la puerta de cristal del apartamento de Belissa se abra y yo entre. Por ahora, solo siento los nudillos muy fríos y adoloridos cuando los golpeo suavemente contra el cristal. La luz del pasillo ilumina muy poco mi rostro y tiemblo como si existiera una humedad inferior a la nuestra. O como si algo nuevo fuera a acontecer cuando entrara.

Mi cara de saludo la pegó al cristal, deseando saber que existe, allí. en aquel pasillo interior de color amarillo, donde se pierden mis toques y posteriormente, mis palabras. Por ahora, conformarme con esto es mi único medio de comunicación. Mi cabeza, levemente recostada contra el cristal, tiene un aspecto de pájaro dormido, quizás espeluznante para los que pasan y descubren que mi imagen parece una pintura de campo.

La luz del pasillo es de un débil mercurio, así y todo, veo a Belissa a través del húmedo cristal, fumando y con los pies descalzos sobre almohadones. Sus ojos se enfocan hacia los compases de cierta música celta que se escucha en la lejanía de un vacío. Un vaso de vino blanco viaja de sus manos a su boca. Y la miro descubriendo que en sus ojos existe una luz de barniz refulgente.

Apenas comenzaba nuevamente mi recorrido visual, cuando se levantó, poco a poco, de sus almohadones y vi su mano apoyarse en el picaporte de la puerta con cierto recelo. Su andar místico no había variado, entre armonioso y enceguecedor, se mantenía intempestivo ante mi mirada. Cuando la vi caminar hacia mí, quise su desnudez, el olor de sus sábanas, la sensualidad de su piel. Pero una andanada de sonidos inescrutables me sacó de aquella apertura oficial que yo le daba a mi llegada, a través de mis pensamientos.

Mis piernas estaban tensas y la puerta abierta esperando por mi saludo y mis palabras. Belissa se notaba confundida, dentro de un suéter verde, recordándome a una muchacha que cuenta estrellas con el aire de su falda. Mis palabras estaban perdidas y tuve que recurrir a buscarlas en vocablos que a menudo se me ensartaban como en un forcejeo. Luego, la voz de ella, suave, repitiendo frases sopesadas, escurriéndose a través de un tapiz de nervios, muy parecidos a los míos. Mi saludo parecía un trato escrito, algo desde adentro, como si no tuviera sitio y se desbocara por aquel pasillo largo y en penumbra, donde unos ojos desorbitados y erráticos aparecían y se desaparecían, por la corriente de aire que penetraba por la puerta.

Por un instante más, la brisa que penetraba por la puerta se aquietó y hubo una impresión más apacible entre Belissa y yo. Donde ahora me encuentro, logro ver a un hombre alto y desgarbado, como una silueta ascética que corre sin decir nada, montado sobre un caballo, a través de aquel largo pasillo. Su larga cara, llena de una pálida rigidez, llega hasta mí y la roza contra la mía, como si quisiera apartarme, de esta forma, del abrazo que nos dábamos Belissa y yo.

Belissa alzó su cara hasta casi detenerla frente a mi mirada, su mandíbula inferior se desvanecía con amarillez. Durante unos segundos, se quedó observando mi rostro, en sus ojos se dibujaba como una penumbra oscura, muy oscura, que escondía una verdad. Estás igual, me dijo con su voz sonora y juvenil. Después, se quedó como un trozo de papel pegado a una pared, mirando mis ojos, tal si fuera una vieja estampa.

Me puse a hilvanar palabras y más palabras, para salir disparada de aquel encuentro, al que Cristo me había llevado sin quitarse sus

sandalias de pescador. Pero por todas partes veía peligros y tribula-
ciones, mi corazón resonaba espantado y las palabras no afloraban.
Belissa seguía como el trozo de papel, una muerta hubiera aportado
más que ella. La luz del pasillo iba disminuyendo más y ahora solo
quedaba la tenue claridad que la luna daba en la puerta de la casa.
Todo aquello era de una impresión superior para mí. No iba a
esperar más, así que me fui, nuevamente, hasta la puerta, para marcharme, pero el hombre me detuvo, dándole vueltas y más vueltas
a un sombrero entre sus manos. Entonces, noté que su estatura estaba encorvándose mientras yo volví la cabeza hacia Belissa, como
buscando protección. Sus carnes estaban tan transparentes, que se
observaba su sangre correr a través de sus conductos. De modo que
lo dejé que siguiera encorvándose, hasta que solo quedara un punto
en el espacio.

Al voltearme, me di cuenta que Belissa también se había desaparecido y que solo estaba yo en aquel apartamento de paredes ama-
rillas y sin adornos, donde Cristo me llevó para descubrir una gran
penitencia.

II

Quién ha visto que una mujer se compre zapatos azules y se vista
de rojo, el mismo día que se ponga esos zapatos. Nadie. Y si la hemos visto, es porque quien decida salir así a la calle, está loca. No
cabe duda de esto.

Pero ahora Belissa se siente confundida, no sabe si escoger entre
los zapatos azules o los amarillos, que también se ha comprado. Ya
está vestida de un verde subido y no encuentra motivación para escoger sus zapatos. Sus uñas de un morado asimétrico se confunden
con el pelo gris. Por lo pronto, se sentó a pensar. Su meta era re-
nunciar a la combinación de colores y, sobre todo, que a la gente no
le gustara, ni un poco, la forma en que ella matizaba estos colores.

Media hora más tarde, ya Belissa pervertía a toda la Rampa habanera con la decisión de sus zapatos, y plantándose en la misma
esquina cultural de L y 23, extrajo del estuche su guitarra. Al mo-

mento, todas las damas de camelia, fanáticos a la canción de Xiomara Laugart, formaron un círculo a su alrededor para escucharla. Uno de tantos pintó una esfera con una tiza en la acera y dentro de la misma escribió la palabra MERCURIO. Todos miraron hacia la damita de camelia y alguien dijo: «otra loca más». Mientras, otro con cara de *girl* de leyenda americana, dijo: «eso es el acertijo indescifrable del mercurio».

Entonces, alguien trajo corriendo una noticia, que después todos fueron comentando y escandalizando, hasta que llegó a los oídos de Belissa: La prensa quiere noticias tuyas, quién eres, por qué te vistes así, cuál es tu verdadero sexo...

Maldigo su nombre y su historia, gritó Belissa recogiendo su guitarra dentro del estuche, con mucha rapidez. Todos andan con la misma dicotomía, gritó nuevamente. Después, se refugió dentro de un abrigo anaranjado y, como una candileja, fue esfumándose, rápidamente, dentro de la muchedumbre que estaba en la cola del cine Yara.

Ahora, sentada en el quicio de su puerta de cristal, se dijo lo mismo cientos de veces: «Eres el mismo ser, eres el mismo ser... Tienes que cambiar de táctica».

Era La Habana con sus vericuetos e inventos, quien le develaba esos lamentos, no su vida. Y sus efluvios de colores, su guitarra y hasta el mercurio, eran la mayor mierda de la vida. Adiós útero tierno, adiós testículo sin vida, escribió en el marco de la puerta, espantando a las torpes hormigas que hacían una cola interminable hasta la cocina de su apartamento.

Así, como si estuviera escapada de la razón y siempre pendiente de cuanto murmullo existía, se fue quedando escondida dentro de su apartamento. A oscuras estuvo durante varios meses, hasta que, casi enmudecida, sintió que la imagen muy nítida de un hombre silbaba su canción predilecta: *Thank you, girl*.

A partir de ese día, pudo darse cuenta que su soledad era menos sombría con la compañía de ese hombre que silbaba, y comenzó a sentarse sobre almohadones, con un vaso de vino blanco y un largo cigarro entre sus labios. Allí, junto a la imagen de su hombre y vestida con todos los colores que le venía en gana, se le fue llenando el pelo de canas blancas. Las pecas del rostro dieron paso a manchas oscuras y la mandíbula inferior fue cayendo de aquel rostro de alboroto, para desvanecerse con desvaída amarillez. Solo su andar no había muerto, era un ave alegre y mística como siempre. Y la misma costumbre de adelantar y atrasar los relojes, la despertaba cada mañana.

III

El relincho de un caballo me hizo salir de aquel silencio. Ingenua y perpleja, comencé a mirar el desorden del apartamento aquel, al cual Cristo me había llevado sin descalzarse sus sandalias de pescador. Las paredes estaban abarrotadas de letras, junto a jeroglíficos que no podían descifrarse. Sin embargo, los ojos del hombre seguían claros y muy fijos en mí, su cuerpo ni se sentía ni se veía. Belissa volvía a estar sobre sus cojines, como si nunca hubiera sabido que yo estaba allí. Sus manos parecían desoladas y sin protección ni equilibrio mientras rasgaba las cuerdas de una vieja guitarra.

Busqué el caballo por todo el apartamento y jamás lo vi. Pero un aliento fuerte surcaba toda aquella atmósfera como una tormenta. Una lengua bárbara se sintió de pronto y yo, en medio de aquellos henchidos, temblaba. Miré a Belissa buscando protección, pero ella, nuevamente, era la sombra de su propia sombra, había desaparecido, otra vez, dejando al hombre abrazado al marco de la puerta de cristal.

Entonces, grité por Cristo no sé cuántas veces, para que me sacara de aquel destino de holocausto, al cual él mismo me había llevado, pero un desfile de hormigas fue subiendo por mis piernas mientras que el hombre se fue transformando en un enorme caballo con ojos crispados. Me rendí de tanto gritar y caí desplomado dentro de aquella confusión. No supe más. Belissa no volvió a aparecer.

Con los golpes que sentía desde muy lejos, fui abriendo los ojos, poco a poco, con mucho miedo, y apenas me despertaba y abría mis ojos, un ser obnubilado con sombrero de copa se reía fuertemente sobre mi rostro. No te me acerques, le grité espantado. El ruido de muchas voces y aplausos no acababan de sacarme de aquel pánico.

Entonces, vi las luces del teatro que aumentaron su mercurio, para dar paso a una claridad total.

COSAS INSÓLITAS

El mundo está lleno de gente cuerda que hace las locuras más grandes del mundo.
El Caballero de París

Estoy preocupada. A mí alrededor suceden cosas insólitas, a veces siento ladridos, maullidos. Y no existe perro ni gato. ¿Estaré enloqueciendo?

Otras veces, cuando amanece, miro el espejo y me veo con la boca llena de tinta, lo más insólito es que también siento el sabor de la tinta. He visto psiquiatras, psicólogos, analistas, y me dicen que todo esto es normal. Los he mirado muy bien para no recurrir nuevamente a ellos... ¿estaré enloqueciendo?

Hace escasamente unos días, observaba detenidamente a mi vecino y quedé estupefacta. Ya tiene dientes, muelas y colmillos. Y, para colmo, conversa, corre y se ríe batiendo las manos. Esto también es insólito. Mi vecino solo tiene cuatro meses.

He comprado un ratón blanco llamado Sir George. Lo hice con el propósito de aliviarme este nerviosismo, pero Sir George ni me mira, lo único que hace es jugar ajedrez. Ayer le dije que lo botaría si no conversaba conmigo y solo respondió colocando sus piezas en jaque mate.

Para colmo, me ha dado por coleccionar cuchillos y los tengo en exposición. Enfundados en sus vainas de cuero, por toda la casa. ¿Estaré loca?

Tengo una amiga que todos los días me aconseja que vaya a ver a un espiritista, está preocupada, dice que tengo alucinaciones extraterrenales. ¿Será cierto?

A mí me encantaba rezar. Pero la hora del ángelus la he convertido en horas de coito. Ya busco esa hora, con manía, y me entrego sin rezar, sin persignarme. ¿Estaré enloqueciendo?

Orlando tiene mucho que ver con este asunto tan insólito. No falta el día que no pelee. Pelea por el coito. Pelea por los cuchillos. Pelea porque abro huecos en la mancha de semen que tiene nuestra sábana. Orlando está muy nervioso. Eso es todo. Quiere cuidarme tanto, que por eso me mima con esos arranques de histeria. El otro día se alteró porque me encontró quemando mariposas en su estudio, dice que me llevará para un manicomio. ¿Estaré loca?

Mi amiga viene por las tardes. Ella sabe que debe ser así porque la hora del ángelus es sagrada para mí. Se encierra con Orlando en el estudio, y siento conversaciones, risas y maullidos. Mi amiga es muy buena, está muy preocupada. Orlando la quiere mucho y dice que no tengo mejor amiga que ella. ¿Será cierto?

Jimmy también viene. Es el mejor amigo de Orlando, siempre que llega, me aconseja. Se sienta, con sus piernas abiertas en la banqueta, y conversa pasándome los dedos por los pezones. Después, me dice que es mejor estar de pie. Pero yo sigo sentada en el piso, a él le encanta que yo reciba sus consejos con mi cabeza dentro de sus piernas. Es un amigo ejemplar. Cuando se va, coloca una tableta de chocolate dentro de mi huequito de orinar, dice que esto me dará suerte. El pobre... ¡siempre tan preocupado! ¿Será cierto?

El otro día, Orlando se quejaba porque mi tío ya no viene por la casa, ni trae a Sultán. A mí no me gusta que ellos vengan, porque en cuanto llegan, Orlando me lleva para el jardín, con mi cuaderno de pinturas, diciéndome: «no te muevas de aquí... vamos a domesticar a Sultán». Y mientras, él le dice a Sultán: «ven, pónmela aquí. No, así no, más despacio. Rico, Sultán, rico...». Yo me entretengo con Clody, el jardinero. Clody siempre tiene un chiste para mí. Se baja los pantalones y me dice que tome refresco de vainilla. Cuando Clody termina de darme su refresco, aúlla como el perro Sultán cuando finaliza su adiestramiento. Después de todo, no lo paso tan mal y llego a casa con el estómago repleto.

Nunca oigo la voz de mi tío Pepe cuando viene. Le he preguntado a Orlando y siempre dice que tío tiene la boca llena. Come mucho.

Mi amiga Rosa, al fin, ha encontrado un espiritista para que me vea. Lo trajo enseguida y, en cuanto llegó, conversó con Orlando, este nos dejó a los dos solos en casa. El espiritista es muy ameno. Me desnuda, ata mis manos, mis piernas y me quita el daño con una fusta que tiene, de lo más bonita. Cada vez que me consulta, también él se desnuda, riega miel sobre mi cuerpo y, dándome algunos golpecitos con la fusta, pasa su boca sobre cada pedacito de mi cuerpo.

A tal extremo he mejorado, que el niño del vecino ya no viene a la casa, pues con la vela que deja encendida el espiritista, le doy candela a toda su ropita. Yo lo veo tan bonito envuelto en ese color llamarada. ¿Estaré enloqueciendo?

Orlando sigue peleando. Todo lo que hago le molesta. Ya le dije que estuviera tranquilo, que iba a hacer todo lo que él dijera. Pero para castigarme, se desaparece a la hora del ángelus y yo tengo que llamar a Clody, porque me cae una sed que no puedo resistir. Una vez, regresó muy rápido para quitarme el castigo y me vio tomando el refresco de Clody. Trajo un maletín muy grande y solo dijo que me enviaría a un viaje en un carro muy bonito. ¿Será cierto?

Yo estoy muy preocupada porque Orlando no piensa ir conmigo en el viaje. Y qué haré tan lejos de él y de Clody, a la hora del ángelus. ¿Estaré enloqueciendo?

Pero Orlando es bueno y me prometió que, antes de irme, jugaríamos a los bandidos. Le gané en el juego, porque mi cuchillo era más grande y la cosita que tenía Orlando entre las piernas fue lo primero que le corté. No la guardé en el maletín, como pensaba, me la comí frita con pan. Después, él no tuvo más remedio que perdonarme.

Cuando tenía bien ordenado el maletín, llegó el carro bonito. Me vistieron de blanco y me fui contentísima porque escondí a Orlando dentro del maletín, para que no me lo quitaran... ¿Habré enloquecido?

UN CUENTO HABANERO

Para Alex Guevara,
porque me lo pidió…

Si a usted le acaban de decir que vieron a un caballo de color negro en la Plaza de Armas, pintando una genial obra de arte, con el pincel dentro de su casco, usted ni remotamente lo creería. Como tampoco creería que, después de yo estar amando durante más de veinte años a una misma mujer, sin serle infiel jamás, ahora me enamoré de una puta, ¿lo cree? ¿Lo creería?

Y si le digo que soy un loco que acaba de poner una bomba debajo del vientre del caballo en la misma Plaza de Armas, y que nadie, pero nadie, me ha visto, ¿lo puede creer?

Y si le sigo diciendo que esa puta de la que me enamoré es Madonna, que me la encontré por primera vez en mi vida a la entrada del Túnel de la bahía habanera, pidiendo botella con la manito, así, tirada al aire, ¿está dispuesto a creerlo? Y que, si para los colmos hay colmos, también puedo decirles que al mismo caballo le pagaron mil dólares por la venta de su pintura, ¿lo creerá? ¿Lo creería?

Y si, ahora, siguiendo una verdad tras otra, les dijera que Madonna en vez de irse en un auto, se fue en el lomo del caballo, sin darse cuenta que en el vientre de ese mismo caballo hay una bomba que va a destruir a La Habana, por completo, ¿estaría complacido?

Y si seriamente comentara con usted, en secreto, que me aburrí de mi mujer por tener un rostro con barba y un pecho sin senos, ¿me creería?... Después de esos veinte años.

A cuántas conclusiones llegaría usted, entonces, si ese caballo soy yo, que hablo como un hombre, pinto como un artista y fornico como ese mismo caballo negro, cuando tengo a Madonna entre mis piernas en el parque El Quijote, ¿qué me diría?

Y si siendo más explícito, aun, les dijera que son las doce del mediodía, que la calle 23 del Vedado tiene miles de transeúntes y que ni siquiera por negligencia han mirado hacia este caballo, que soy yo, ni a esta mujer, que es nada más y nada menos que Madonna. Ahora sí que no me cree nada de esto, ¡estoy seguro!

Pero qué insensatez la mía, si todavía no les he dicho que mi mujer se hace llamar en secreto Madonna, y que, en vez de dormir en forma horizontal, se cuelga por su barba y duerme vertical. Esto sí que ni remotamente me lo podrán creer. Pero no pestañee si le digo que fue mi mujer la que hizo la bomba, muy casera, por cierto, con almidón, azúcar y amaranto. Y que al caballo lo compró ella misma, para poder dormirse con la boca pegada a su verga. Claro, que ni jurándolo usted me puede creer esto. Pero aquí, todo depende de qué ángulo usted mire este acertijo de creer o no creer lo que le digo.

Puede ser que usted no esté tan práctico y tenga, entonces, que estar meditando si es verdad o no que la gran Alicia Preciosa se bajó de su carro, para montarse junto a Madonna en la grupa del caballo y llegarse, así, hasta el puerto, con una escopeta de cartucho entre las manos, y desfalcar un contenedor de tenedores.

Pero ¿para qué tantos tenedores?, se está preguntando usted ahora mismo. Ah, ahí sí que va a tener que preguntarle a la misma Alicia, porque ahí sí que no meto yo. Aunque Madonna me ha dicho, a escondidas, que ese asunto de los tenedores tiene carácter de desarme. Seguro que me hablaba de desarmar la bomba. ¡Qué inocente la Madonna!, no sabe, ella, que mi mujer es la única que conoce cómo hacer que no funcione esta bomba. Y que, según la he escuchado en sus pesadillas nocturnas, la bomba tiene mucho que ver con el tamaño de la verga del caballo. Así que otros datos ya no tengo, porque, ahora mismo, mi mujer se afeitó la cara y se puso dos tetas postizas, y estoy que ni la reconozco.

¡Ah, tampoco me lo creen!... pues ayer entró con ese nuevo arquetipo que se ha inventado, al aeropuerto, nada más y nada menos que para filmar una maleta que venía sola y sin acompañante, del Canadá. Nadie le creyó, ni le dio mucha importancia a aquello de estar filmando, hasta que no vieron que la maleta salió detrás de ella como una oveja adiestrada, y detrás de la maleta otro caballo, esta vez de color blanco y con algunos lunarcitos moteados en gris sobre el lomo, una flor entre ojo y ojo, y un cigarro encendido en la boca. Todos los que estaban allí, enseguida le preguntaron el porqué de otro caballo y no el porqué de la maleta caminadora. Mi mujer fue rápida en la respuesta, porque me da la gana, contestó agarrándole la verga al caballo, para arrastrarlo. No me lo creen, ah, que no me lo creen, pues miren, yo lo vi todo desde el mismo centro de monitoreo que tiene el aeropuerto, adonde pude subir con Madonna y con el caballo negro, porque Alicia Preciosa nos dio la contraseña para entrar sin usar la fuerza.

¡Qué pena!,´ eh, siguen sin creerme. Ojalá usted hubiera estado por allí, porque, entonces y ahora mismo, me diera la razón cuando escuchara al nuevo caballo chillarle a mi mujer: «¡Ay, chica cuidado con mi maquillaje!... ¡No me arrastres así!»...

Le juro por los mismos cascos del caballo negro, que todo esto es verdad, como también es verdad que la Madonna amarró a este mismo caballo dentro del túnel de Línea, a las mismas 3 de la tarde. Y se colocó en plena vía a meditar, con un ramo de palitos de incienso en la mano, por cierto, muy cerca del vientre del caballo. Y que un policía que pasaba, le preguntó el porqué de todo aquello, y ella solo se limitó a decirle: «el pegaso, el pegaso». Dicho policía, dejando a un lado sus patines, también cayó en ese trance de la meditación, y, sentándose junto a Madonna, colocó sus piernas cruzadas sobre los muslos y a meditar. Cuando, un gran colapso de carros, alrededor de 30 mil quizás, se amontonaron uno encima de otro, dentro del mismo túnel, para que el caballo, ya con el pincel en el casco, volviera, nuevamente, a pintar, esta vez una obra titulada: *El médium cubano.* ¿Sigue sin creerme?

Y qué les parece si les digo que en ese mismo trance cayó mi mujer, pero en el muro del Malecón, cuando daba ciertos retoques con carmín a la boca de su nuevo caballo, mientras la maleta, con su cara de estúpida engreída, le gritaba: «¡hombre, hombre, hombre!». Y que mi mujer, aprovechando el escándalo de la maleta, que se abría y se cerraba cada tres segundos, le metió la mano hasta en lo más profundo de su alma, sacando de esa profundidad misteriosa a un enorme pegaso blanco, muy blanquito, con un zarcillo colgando en una de sus orejas. ¡Qué ilusorio todo, verdad! Pues conozca, usted, que la mentira aún no está dicha por mí, y que todavía debe esforzarse en creer lo que le digo, porque hablo muy en serio. Y que dicho pegaso, al sentir el aire del malecón habanero, se salió de entre las manos de mi mujer y se fue volando sobre el mar hasta el túnel de Línea, donde la confusión era peor aún, pues Alicia Preciosa ya había bajado a un centenar de ángeles con falditas puestas, para que el caballo negro captara mejor la imagen de ese asunto, que ella llamaba ballet esotérico.

Pero de lo que yo sí estoy más que seguro es que si dicen que Madonna es una putalésbica, usted sí que lo cree, ¿no es cierto? Como también creerá cuando ya le digan que la dichosa bomba explotó a las 3:45 a.m., en las afueras de la ciudad, porque a Alicia Preciosa le dio por decir que una puesta de sol, a esa hora, acercaba más a los ángeles con falditas a la tierra. Y que no quedó nada, ni tierra ni sol, solamente mi mujer pintada en un lienzo con la enorme verga de su caballo dentro de la boca, mientras una maleta con alas se abría, haciendo flotar a tres mil angelitos con sus lindas falditas de sostén.

¡Ah, no me creen!, ¡ah, que no me creen!… Pues fui yo mismo quien los tuve que contar, para que me pagara aquel americano, que también se apareció en un globo volador sobre la Plaza de la Catedral, diciendo que por cada ángel pagaba cada dólar.

Y claro, nada de esto me lo han creído. Eso es lógico, porque todavía no me han visto a mí con dos alas y un zarcillo en mi oreja, moteada de gris, volando sobre usted, a las 3:45 de la tarde. Cuando usted me vea, ¡entonces veremos, si me cree o no me cree!

EGOCENTRISMO DESNUDO

Me desnudo, lo hago delante de ella a propósito. No pretendo excitarla, simplemente deseo que se acostumbre. Que mi cuerpo sea su creación, porque no concuerdo con los que dicen que la desnudez ultraja a la propia desnudez. Para mí, es falso ese concepto, tan falso, que sigo desnudándome día a día y minuto a minuto en su presencia. Comienza a observarme. Todavía no me contempla, la diferencia existe. Observarme es conocer cada poro, cada marca de mi cuerpo. Contemplarme ya sería excitarse y aún no lo pretendo. Ella tampoco lo pretende, por ahora.

La llamo para que me alcance la toalla, que olvidé a propósito, y cuando entra al baño, sus ojos declinan, el piso los recibe con miedo. Todo es principio. La toalla llega a mis manos, con el mismo terror de sus ojos, pero siento que su mirada se alza, lentamente, cuando va en retirada. Sé que no es una estrategia, yo lo llamaría una condición humana. Un devaneo.

Sentada en su sofá, cruzo las piernas, no tengo ropa interior, ella se inhibe, pero los párpados se le sueltan, poco a poco. Parpadea, como buscando algo, y cierra los ojos en intervalos de segundos. Sé que medita, es una costumbre peculiar que le permite su tranquilidad. Si así siente paz, para mí es lo mejor del mundo. Y la siente, porque cuando me alcanza la revista, ya sus manos no tiemblan, están firmes y obedientes bajo mi petición.

Algunos pensarán que esta enseñanza es sexual, no lo creo así. Para mí, la desnudez tiene piel. Estoy tan vestida cuando estoy desnuda, que puedo irme a las calles a promocionar vestidos que no llevo. Para la humanidad, este es mi defecto, para mí, es la única virtud que tengo. Ella no se atreve a dar alguna opinión al respecto, siempre calla. A veces, me mortifica su silencio, y es cuando inclino mi cuerpo delante de su puesto de trabajo, para que mis senos bailen dentro de mi vestido. No reconozco a una artista cuando solo desnuda a mujeres en sus lienzos. ¿Cómo es que logra, con el pincel, perfeccionar los senos y llegar al pubis con tanta ambición? ¿Qué musa impulsa a sus pinceles hacia tanta realidad? Estas son preguntas que, a cada hora, hacen que medite, las respuestas van llegando, poco a poco. Es su propio cuerpo, lo que exhibe en sus lienzos. Existe muy poca diferencia, la observación continua me ha hecho llegar a esta conclusión. No estoy equivocada, ojalá lo estuviera, porque mi apetito de observadora me ha convertido en su crítica. Espero que no se haya dado cuenta de mi estrategia, sería defraudarla, y no me alcanzaría, nunca más, una toalla en el baño. Eso me aterra.

Nadie lo ha percibido, ni ella. Pero utilizo esta desnudez para que sus imágenes dejen de sumergirse en tristeza, en ríos que siempre convergen en un mismo pubis que, observándolo con profundidad, solo muestra ondulaciones y cabezas inclinadas, de personas, que torpemente la han bendecido como ángel y no como artista.

Pero ahora, que tengo el libre curso de su apreciación, le regalo lo que verdaderamente necesita: una musa. Algo distinto para que madure su entendimiento, aunque me cueste mi desnudez, con puertas y ventanas abiertas. Eso también forma mi secreto.

Lo que aún no sé es cómo no se agota siendo tan mujer y se mantiene encerrada dentro de tantas, todas vestidas exhibiendo, solamente, sonrisas y filosofías que se detestan, porque ya se han dicho tantas veces que están en el olvido. Ni tampoco sé cómo puede aceptar las diferentes caricias que le llegan. De ahí el silencio que se impone y su introversión ante mi desnudez, que no exhibo así para todos, aclaro.

A veces, pienso que soy egoísta, que ambiciono su universo, y no quiero incurrir en eso, mucho menos en su vida. Pero me mortifica la enajenación a la que está sometida. No tiene tregua ni en la noche, donde ella desearía confiarse a las ideas que se deslizan en su mente. Y ya tiene decepciones, solo que logra enmendarlas cuando siente mis senos desnudos en su espalda, y es que así está rodeada de un esplendor que le ofrece una aventura. Por eso no se vuelve en la cama y deja su cuerpo estático, como si mis senos fueran la única aureola que le permite soñar y escapar así de los errores. Escaparse de quienes aman al ángel y no a la artista. Todo lo contrario, a mí, que, con la mayor ternura de este mundo, le enseño lo que otros llaman mi defecto. Desde luego, infieren que mi desnudez es algo sin reserva. Pero no divago con reflexiones ajenas, solo me interesa que la artista encuentre su verdadera identidad.

La libertad es muy necesaria para reencontrarse, y ella la busca. La ha buscado tanto, que solo la tiene cuando le pido que ensarte una de mis argollas en mi pezón más atrevido: el derecho. Quizás por ser el grande, lo llamo atrevido, y hasta, una que otra vez, también lo he llamado despierto, porque siempre ha sido muy lisonjero conmigo.

Ahora hablo sin pretensiones, no busco la semejanza de Aminta cuando Goethe decidió darle una apariencia psicológica. Sería injusto que mi pezón se afianzara esa fuerza poética que ustedes no conocen, como tampoco conocen el porqué de mi desnudez.

Estoy definitivamente analítica, tan analítica, que siento que hasta su creatividad también se analiza, por el temblor que padecen sus manos cuando engarza la argolla. Sin entrar en tanto análisis, es su síncope de delirio, ahora que sus manos resbalan sobre mí, con una caricia tibia e interminable.

La argolla me ha quedado como un atractivo personal y, a la vez, como un pretexto para llegar al delicioso paseo que sentimos cuando no existe el drama de alcanzar una toalla, de devolver una revista, de bajar el escote…

Y sin organización cerebral alguna, sus manos adquieren una mejor imagen, ahora sin pinceles. Mis senos son su obra y las realidades ásperas de su vida han desaparecido. Mi desnudez muere porque me ha vestido con sus manos.

Venciendo uno de sus tantos temblores, tomó su pincel y con mucha percepción, mi ombligo apareció con una flor llena de versos: «ella sueña, soñó desde siempre/escapaba de una nube desnudando los caminos/sobre todo los desconocidos…».

Allí estaba su verdadero arte, y me mantuve de rodillas, vestida solo con la voz del secreto que pintaba sobre mi espalda: «ahora que los ángeles vuelven a desnudarse... dime qué hacer con tantos luceros en el alma».

EL PRÍNCIPE DE LA PENUMBRA

Retrocedí ante el espejo hundiéndome en mí mismo y huyendo de mí mismo.
Heinrich Boll

Bichen no conoce los espejos. Si Bichen lograra mirarse en un espejo: rostro agradable, mirada verde, pelo negro, labios carnosos... Bichen está formidable.

Pero Bichen no conoce los espejos y sigue sin recibir las aguas de su bautizo. Y a juzgar por el escaso interés que tiene, sería un alivio, para él, retroceder y hundirse en sí mismo, ¿se sentirá culpable Bichen?

Bichen me asusta y me encanta, pero nunca mira con ojos de interpelarme, porque está atrincherado, desde siempre, entre las piernas negras de su mujer. Y a mí me da pena verlo: perezoso, amontonando su única presencia, arrugando su juventud dentro de la buhardilla malvivida de su mujer. Pero es que Bichen no conoce sus espejos, porque ella los esconde para no explicarle, para no darle razones sobre la belleza.

Bichen es un vínculo afectivo y no deja de ser una sombra voluble y desnuda. No cabe duda, que a Bichen hay que mirarlo. Modelarlo, si viene al caso.

Si Bichen viera su imagen reflejada en el espejo, se dijera: «ese no soy yo, mi yo no existe». Esto sucede porque la única mujer que tiene Bichen es una marginal.

A todas nos gusta Bichen. Ese Bichen emboscado, sin nunca replegarse, abriendo sus ojos, solo, cuando su cuarto está en penumbra.

¡Ay, amanecer entre los brazos de Bichen, iluminarse con los ojos de Bichen, deleitarse con la boca de Bichen, tener hijos de Bichen! Si esto ocurriera, Bichen. ¡Ay, Bichen si esto ocurriera!, buscarías un espejo dónde encontrarte. Pero tu oscura mujer tiene comprada todas las escaleras y nunca podrás subir a la existencia del espejo.

Pobre Bichen, patético, indolente. Incluso cobarde. Condenado, solamente, a desembarazar su energía con la mujer culpable de su riesgo.

Si Bichen supiera diferenciar lo egoísta de lo sagrado, luchara contra el fracaso. Entonces, Bichen se hiciera cantante, esgrimista, poeta... Pero Bichen no sabe diferenciar porque no conoce los espejos y está intensamente malogrado perdiendo su belleza.

¿Cómo sería si Bichen me amara? ¡Ay, Bichen amándome! Diciéndome: «mujer, tu selva es mi única salvación...». Acercándose a mí. Rozando mis labios.

Pero Bichen está encerrado, ennegrecido. Marcado de tan poca mujer. Y no se da cuenta que está trabado en un cuarto sin espejo. Y no se da cuenta que él no está pintado de oscuro.

Pero y si convenciera a Bichen para que firmara un pacto. Un acuerdo solo entre él y yo. Adentrándome en sus ojos. Ahogándome para desembarazarlo. Contándole el espacio que guardo para él. Solo él... Para que se mire, para que se contemple en el espejo.

¿Que haría entonces Bichen si firmara ese pacto? ¿Que haría entonces su mujer si Bichen se descubriera?...

ESTOY LOCA POR TI

Adapa, ven, duerme conmigo,
      puede ser reto o puede ser paz,
pero lo más importante
ahora
es que duermas.
No sigas gritando más las plegarias de tu mantis religiosa:
¡Oh, Luna hurgaré en la tierra
para encontrar mi comida de hormigas,
déjame comer luna, tierra…!
Ven, Adapa,
      que dormir conmigo es una invitación
      que te hago muy especial para el espíritu Tore,
            el dueño del bosque.
Mi sueño junto a tu sueño
      salvará tu sociedad secreta masculina.
El gran Tore, puede salvar tu interior
      para convertirte en el patriarca bambuti.
Adapa, duerme, duerme Adapa
      que tus hormigas llegarán…
Te espero Adapa,
      te espero en nuestro laberinto, CRETA.

Adapa no dijo mucho, o no dijo nada sobre estas líneas alocadas que le dejé escritas. Y por inercia, o por costumbre, me he convertido en su cómplice. Si los indios volvieran a esta época, con sus descabelladas ideas de la confianza y la desconfianza, nosotros dos fuéramos sus anfitriones. Lo grotesco es que Adapa está como esos indios, no al baño, no al perfume. No y no a todo. Protesta y protesta… se enfurece y se enfurece… ¡Maldito, Adapa, qué enfoque más insensato le da a la ley de Moisés!

«Adapa, fósil masculino, acaba ya de escribir la palabra mierda en la pared, y libera ese sinnúmero de raras prescripciones. Tú no eres un rabino». Le digo desde mis adentros.

La figura de Adapa es la de un talmudista. Ahora, cientos de musarañas acuden a él para hacerlo olvidar su existencia. Su primer descuido es dejar mi invitación a un lado y no preguntarme nada. No quiere dormir.

Con sus mal vestidos y sus arrechos, es un ejército loco. Yo quisiera frenarlo, cerrarle duro los párpados, restregándole la nuca, pero Adapa se desliza hacia otro mundo. Solo come arena perfumada, se tapiza el cuello con grasa de carnero y calienta sus hormigas, sollozando bajo la luna.

Cuando escribió en mi puerta: EL LABERINTO DE CRETA, tenía los ojos muy abiertos, más grandes que nunca y ni me escuchó cuando le dije: «estoy loca por ti». Espantado, deshizo su letrero gritando: «¡hay que abolir el patriarcado, hay que abolirlo!». Después, salió corriendo y se ocultó en el aljibe.

«Adapa, cabra masculina, deja ese idealismo. Adapa, Adapa, yo no soy un tótem. Yo soy tu Creta».

Quiero decirle que su secta no existe, que necesito una tregua. Y que esto no es un territorio sagrado, que no hay razones para que no se profane.

«Me oyes, Adapa, me escuchas bien, Adapa. El humo del potaje no es un rito».

Pero ahora, Adapa ya no se calza sus pies con zapato alguno. El dedo gordo lo pintó de rojo, y me mira estrujándose fuertemente los ojos.

«Mira, mira… el humo es oscuro, el humo es oscuro, pero una vez que te lo tragas, es posible ver las cosas más claras que la luna».

Dijo esto, quizás, como una respuesta, y se retiró aullando, encaramándose, de un solo salto torpe, en el borde del aljibe. Uno de los peces se fue del agua, por culpa de su torpeza, y comenzó un rodar por las baldosas del piso, un grito de pavor salió de la garganta de Adapa. Después, se acurrucó dando tantas palmas y gritos, como le permitía su inconciencia. Allí estuvo removiendo los sueños e historias de Nanak, de Siva y de Hari–hara, durante mucho rato.

«¿Quién te maldijo, Adapa?, ¿quién te maldijo? ¿Quiénes son Nanak, Siva y Hari–hara? Adapa, Adapa, no quiero que te digan más el loco del aljibe. Adapa, Adapa... regresa que yo todavía te quiero».

Al rato de yo repetir los «te quiero», deja asomar las orejas y se sonríe. Cada vez que quiere burlarse de mí, hace lo mismo. Después, con cierta influencia primitiva, pero espantado todavía, trae una pipa que no sé dónde la pudo encontrar o quién se la pudo dar, la muerde y la muerde, y continúa siempre sonriendo.

«Fuma, fuma... que tienes la lengua cruda como una serpiente», me dice moviendo las orejas con gracia....

Cuando se me acercó, por un momento un hilillo de baba infantil y miedosa le rodaba por la barbilla. Así mismo, lo besé sobre su piel fría y sucia mientras fumaba y mordía su enorme pipa. Entonces, me habló y me habló, contando las nubes que se desgarraban. Habló con el brillo de unos ojos ya casi sin vida, porque ya hasta la misma muerte cansaba su mirada. Mi corazón latía muy fuerte. Y Adapa se consumía en vientos invisibles, en cielos negros y en nubes de tribus bosquimanas, que parecían encadenarse a su vida para siempre.

«Creta, Creta, quiero dormir contigo. Acurrucarme junto a tu animal humano, pero las casas descienden de sus tótems esperando al Mesías... Y yo, yo... yo soy quien tiene que encontrar el Anillo, el emblema, el emblema, Creta, el emblema del Mesías».

Después que me dijo todo este nuevo sortilegio para mí, nunca más usó las ropas. Y ahora se rehúsa a hablarme, por completo, y solo se baña si hay peces en el aljibe. Camina horas y horas desnudo, como si esto fuera la misma reacción natural que tiene de solo comer y comer hormigas y más hormigas.

«Mi revancha, mi revancha... Dios llega al hombre, Dios llega al hombre... No hay escapatoria, no hay escapatoria...».

Con este tipo de código programado y con siete tabletas de arcilla en una vieja bolsa de cuero, ya lleva más de una semana. A toda persona que encuentra le dice lo mismo: «No hay escapatoria, no hay escapatoria...». Y, como una razón muy natural, todos le gritan: ¡El loco del aljibe, el loco del aljibe!

Adapa ya no es un hombre. Se escabulle para comer lombrices y después vomitarlas. Ronronea que solo así descubrirá el secreto, y, sin escrúpulo alguno, revisa todos sus vómitos para encontrarse el emblema del Mesías. Ya su lengua casi ni se le entiende. Solo piensa que así saldrá victorioso. La mayor parte de la gente tiembla cuando lo ve. Yo significo su ausencia, su silencio: no me ha hablado nunca más. Y lo más difícil, es ver como busca todavía sus placeres de hombre. Con esas manos sucias se acaricia todo el cuerpo, hasta que llega a su sexo. Ahí se detiene y lo mira, después, lo riega con una arena perfumada, que siempre esconde, y lo engrasa suave, muy suave, con el cebo de los carneros. Ya cuando lo tiene en esas condiciones, le habla: «Mamífero bambuti, mamífero bambuti aúlla, grita que eres mi gran lama... mi lama. Mi único lama».

Después, se lo sopla, una, dos, y hasta tres veces, para entonces palparlo, poco a poco, gritándole: «Explórate, mi lama... Explórate...».

Y como un fuerte sauce, aquel sexo, todavía le sube y le sube como un farallón en la soledad, que él cree tener detrás del aljibe. Una espuma verdosa le relampaguea por toda la barbilla. Su cara deja de ser maniática y una sonrisa deliciosa lo atrapa.

Cuando lo vi en esas condiciones, no me pude aguantar más y me fui acercando poco a poco. No me desdeñó cuando llegué, toda desnuda, frente a él. Una sola vez me gritó: «El clan de la mujer, el clan de la mujer... Emblema, emblema, no hay escapatoria...».

Después, siguió atrapado con la sonrisa, que no se le iba de aquel rostro sucio y enajenado, como si lo tuviera pegado al olvido y yo ni existiera.

Déjame bautizarme en tu cuenca, le dije. Primero, tembló, como enfadado por lo que le dije, después, como llevando a un niño de la mano, me arrastró muy duro hasta él.

«Bebe, galaxia maternal, bebe de mi astro de dharma... Bebe, bebe de mi emblema».

Enfilado, y como si todavía quisiera preservar la pureza erótica de su cuerpo, dejó que mi boca venerara a su sexo.

«Sagrada de los Vedas, Sagrada de los Vedas... aspira, aspira y libérate de Jaina, el mundo material es de los insectos. No hay escapatoria, no hay escapatoria...». Escuchando todos esos misticismos de su arranque de mayor locura, logré acostarlo sobre la yerba húmeda del aljibe. La espuma de su barbilla ahora era más visible y la sonrisa se mantenía inmutable. El sexo seguía siendo un farallón duro y mi boca pudo hacerle el bautizo sagrado.

«La deificación del monarca, Adapa. Esto es la deificación del monarca... El emblema está aquí, mi Adapa, está aquí...». Con esta jerigonza mitológica que le inventé, mis caricias lo fueron envolviendo y lo besé, diciéndole que ahora llegaba la resurrección del espíritu. Cuando me acosté encima de él, buscó por el cielo, durante mucho rato, con la mirada muy extraviada y sin razón, hasta que, fijando los ojos en un punto muy oscuro, gritó como el más puro demonio: «El tebaico Amón adora al sol, ya puede cavar su templo... Ya puede cavar su templo».

Entonces, sentí que sus sucias y toscas manos tocaban mis caderas. Su cuerpo danzaba, ahora, bajo el mío, con mágicas fuerzas, haciendo pasar su sexo por entre mis piernas, como si fuera un soberano monarca bambuti. En un momento, casi imperceptible para mí, repitió la frase que ya había olvidado: «Hay que abolir el patriarcado... hay que abolirlo... Hay que abolirlo...».

Después, una luz fue inundando, poco a poco, sus ojos, mientras su farallón penetraba hasta lo más profundo de mi vientre. Así, con ese rito mágico, religioso y loco, se deleitó, trasladándose a jardines umbrosos, rodeado de séquitos y servidores.

«Adapa, Adapa... estoy loca por ti, estoy loca por ti...». Mis palabras le llegaron cuando ya sus ojos estaban tumbados y su cabeza, tan llena de arena, dejó el temblor que tenía, para también caer tumbada como su mismo sacrificio fálico.

«Tú también eres cosa del tiempo, mi Ganesa, mi dama Ganesa...». Así me contestó, con unas palabras ya idas de su cuerpo, mientras que un viento con humo hizo un trazo oscuro en el cielo, y Adapa comenzó a incinerarse, hasta que todo se fue nublando y nublando, convirtiéndose el aljibe en una hoguera, donde se incineraba el bambuti del Mesías.

En mi dedo anular, un anillo profético fue entrando muy despacio, pero muy despacio, y fue, entonces, que volví a sentir los peces en el aljibe. El cielo era de un azul intenso, y yo estaba a solas y toda desnuda.

CON DOLORES DE PARTO

I

Cuando una mujer nace bajo el signo de Virgo, lo primero que debe hacerse es enjuagarla, con urgencia, en cuanto nazca, porque de no ser así, esta mujer tendrá siempre una vida oscura, así nazca en la misteriosa ciudad de La Habana.

Tal parece que Clara, con sus terribles dolores de parto, olvidó enjuagar a su hija Susana. Pero por todos es conocido que no es grato parir, el dolor es quijotesco, y a nadie se le olvida esa hora. Y si se olvida, es cuando se vuelve a la cama para otro posible parto, así sea en la misma tierra habanera.

Me doy cuenta que La Habana es un círculo bordeado de agua, así Susana, la hija de Clara, no haya sido enjuagada con esta agua. Las putas, las drogas, los homosexuales, los gamberros y los hijodeputas están por explotarla. Pronto no existirá más su tierra.

Las putas, al igual que el bolero francés de Amaury, se irán con sus extranjeros. Lo mismo, o parecido, sucederá con las drogas, con los homosexuales... Con los hijodeputas, no. Estos seguirán en pie, haya tierra o agua. Hayan sido paridos o malparidos.

María tiene el pelo muy largo, por capricho. Es una paria sin nacimiento definido. No fue enjuagada tampoco. Sus ojos son callados, casi blancos, de tanta agua que tiene en su raza. Una enorme herida adorna su barbilla, como reflejo de una imagen de mujer conflictiva, que, con mirada de loca, es una presa fácil debajo de aquel techo de zinc que ahora la cobija. Esconde los conejos, que cria, bajo un árbol, por pura intuición, porque nunca ha sabido de Cortázar. Allí sueña y hace vigilia. Su memoria es un juego de azar, a duras penas sabe quién es. Abre y cierra las puertas de su casa, con un extraño sentido de terror. De miedo.

La Habana asume que puede sucumbir de un momento a otro, y en una ruta fluvial, decimos adiós contemplando, por última vez, los cascos de los caballos, el panteón de los muertos, el Cristo blanco. El tiro de las nueve de la noche. El hombro de mi amigo tiembla, mirando como agoniza nuestra ciudad, está siniestra. Todo es despojo, hombres desclavados de sus propias y obligadas cruces, pasan con los cuerpos hinchados por la superficie del agua, solo se siente la ausencia del silencio. En el barco donde vamos, hay muchos cristales rotos, que recogemos como un juego desgarrador, mientras que la noche del Trópico nos azuza con mosquitos, llantos y temblores, que no perdonan la intemperie donde ahora navegamos.

Susana, también, se ha escapado y tiene su espalda contra la penumbra del barco, mira desesperada hacia la ciudad. Hubiera deseado quedarse dentro de aquellas vaciadas entrañas, pero las artistas tienen que irse, alejarse de aquel desamparo. Y con su boca da dentelladas al último dulce que esconde en los bolsillos, tiene mucho miedo a que la descubran dormida y la maten, por nacer bajo un signo de tierra sin enjuagar. Por eso está despierta, tropezando a menudo con los ancianos desvalidos, que han callado imaginando futuras alegrías y esperanzas.

Está en el mar como un animal salvaje que se escapa de sus cazadores, y lo atraviesa para seguir, no sabe hasta dónde. Tiembla esperando el alba y el vacío de sus ojos también sigue el rastro de los cuerpos ahogados, que se mecen alrededor del barco. El pañuelo que le sujeta el rostro, a menudo se le corre, dejando ver una enorme herida, que aún le sangra en la barbilla. Susana se escapa de su propia muerte. De su propio rostro.

A La Habana no le ha quedado nada, ni huesos para contar la historia. Ni ladrones, ni policías, ni putas, ni drogas, ni homosexuales. Es una ciudad perdida, sin calles, sin pueblo, sin leyenda. Un mundo inmerso en el agua. Solo se escucha un restallido seco, como si se cumpliera el eco de mi vaticinio.

II

Un día me bajo de una guagua, miro hacia los teléfonos, a las vidrieras, a las ventanas y zanjas... entonces, me doy cuenta que mujeres, hombres y niños, están sin época. No es La Habana de otros años, cuando mi ternura acariciaba a Susana en el muro del malecón. Ahora está la droga, regalada o vendida, y están los homosexuales inalcanzables, con ojos azules y labios rojos. Nada es igual. Las putas son presas codiciadas. Y cualquier niño se fuma un cigarro de marihuana mientras esconde sus libretas de escuela. No es un sueño, el maleficio existe. La Habana explota.

María iba y venía al diálogo con los conejos mientras se acariciaba la huella de la herida, siendo esta su más fuerte imprecisión. El guerrero sin cabeza no la dejaba dormir y se siente confundida, como si estuviera dentro de una ciudad de ruina y agua. Pero que era una ciudad vieja, que llena de jardines con muros impresionantes y templos soberbios, la lluvia no le hacía bulla en sus tejados. Solo el tenue hilo de la voz de una niña sucia, con mucha tierra en el cuerpo, la sacaba de aquellas imágenes enrevesadas que no conoce. Su cuerpo pequeño está más gris que una calavera y se confunde dentro de los conejos, dando y soltando dentelladas, enloquecidamente. Jamás le dice María y siempre le grita: «¡mami, mami, mami!»... entonces, siente, con aquellos gritos, manchas oscuras en su mente, y comienza a llorar porque la pequeña ánima la desequilibra más, porque le usurpa el territorio a sus conejos. Con esas manchas en la mente, engulle pensamientos más descabellados, mas locos... Visiones de una hija perdida cuando el guerrero sin cabeza le quitó su casa en la tierra.

Es víctima de su accidentado presente. Por eso se encapricha en ese pelo largo, y arrastrándolo se va del mundo real, para quedarse dentro de los templos de su ciudad llena de jardines, y que la niña sucia no la persiga ni le grite más: «¡mami, mami, mami!»...

Susana, todavía, no se ha podido ir como el bolero francés de Amaury, y traga en seco, con un pasmo agónico que le provoca mareos continuos. Visiblemente alterada y con una expresión sin fe en el rostro, se abstrae de su vivencia y es atrapada por un vértigo, que la lleva a un estado acrónico y loco, donde una mujer de larga cabellera y ojos tan blancos como el agua, la conduce a peripecias que no comprende, porque se siente pequeña y sucia, con un centenar de conejos oliéndole aquellos pies grises que no concuerdan con los de ella. Todo lo siente viscoso y de un color amarillo azufre, en las imágenes. Pero Susana ya no ve el Malecón, ni el Fuerte de la Cabaña, ni el Cristo blanco. La Habana solo queda en un cuadro de múltiples sugerencias, que un artista ha colgado en el mástil del barco. Mi amigo la observa durante largo rato, desde su rincón apartado, yo no he querido impacientarme como él y me he limitado a limpiarle la sangre que corre por su cara. Ella ni cuenta se ha dado de mi gesto, a diferencia de nosotros, está como sintética con el pañuelo anudado en el óvalo de su rostro, tal parece una pintura de domingo en la Plaza de Armas. No se ha dado cuenta de que ahora la realidad es seguir, para encontrar una nueva parcela y olvidar a La Habana, dejarla atrás.

Una escritura, que data del dieciocho de septiembre del año 1961, se encuentra flotando sobre el mar, los ojos de un artista la ven. En ella se describe a una mujer bajo el nombre de Clara, nerviosa, adolorida. Otra descripción, también, anuncia que hace veintisiete años que no llueve sobre esa ciudad. El dolor quijotesco de un parto se enmarca en color amarillo azufre. Esta visión parece ser un nexo humano para Susana, que todavía no ha podido emitir su primer llanto de salida sin regreso.

La escritura se ha convertido como en un patrimonio sin terminar, pues Susana todavía no ha sido enjuagada. Los gritos de Clara son elementos que conforman la trama de dicha escritura, no pueden dejar de oírse, son consecuentes... Locos.

Aquí es donde aparece mi amigo con una de sus profecías: «las niñas que nacen bajo el planeta Mercurio, traen mentes muy imaginativas». A partir de ahora, no volveremos a verlo más, se esfumó dentro de su propia filosofía. El mar lo enloqueció.

Susana sí sigue su curso, navega alucinada, pero navega. Clara ya se encuentra en preparación, según consta en la escritura. Su actitud es casi inofensiva cuando llegan los primeros forcejeos del parto.

La escritura continúa de mano en mano. En el mar, ahora todos están despiertos. Susana es la única que se mantiene como una materia inactiva. Todos leen la escritura, buscando una nueva señal que les anuncie una profecía distinta de vida, pero solo encuentran a Clara, casi desmayada. El parto es la única señal que se encuentran como profecía.

El bolero francés de Amaury se escucha en el malecón habanero, no pudo irse. Y Susana se mantiene estática, pegada a mi pecho, escuchando la historia que le cuento a todos. Mira hacia el niño que, todavía, se fuma su cigarro de marihuana escondiendo sus libretas, y lo regaña. El niño le saca su lengua, amenazante. Susana le sonríe, como única respuesta, después, vuelve a quedarse estática, con la vista fija en el mar y en el barco que ya parte, donde una mujer la saluda con una larga cabellera a favor del viento apestoso que se siente.

Van dejando La Habana, pero no se han encontrado jamás. Mi amigo también se perdió, como ellos, y ahora se dice que escribe en viejos papeles apergaminados, desde un sanatorio de cuidados mentales: «Mi María sigue al cuidado de los conejos con su promesa. Yo no he visto nunca más el mar, y me mantengo, horas y horas, con mi pistola verde muy cerca. Estoy escribiendo la verdadera historia de lo que ocurrió en La Habana, aquel día, dieciocho de septiembre del año 1961».

DE ESTE PARÍS EN LA HABANA

Soy una mujer de enigmas... Soy del 13

Tener un pene entre mis piernas, llamado clítoris, conlleva, en el mejor de los casos, a conceptuarme como mujer. Sin eretismo y con átomos muy dispersos, mi breviario es tan complicado, como lo escribió el gran Horacio: Mujer, mujer, mujer... O menos común, viscauchina. Lo más importante fue en el momento de la fecundación, para que yo naciera: vagina y pene. Y seguido de grandes sacudidas, coito. Resultado, un amor experimental indispensable, obligado. Mi padre, un truhan, y mi madre, un fenómeno fisiológico poco visto. Yo, experimento de un espasmo genésico. Hombre y mujer. Padre, madre y dinámica. Después, yo otra vez: Mujer, mujer, mujer... Ya en completa excreción. Liberada, independiente, sin convencionalismos. Aunque, muy consciente de proceder de este amor experimental tan a la fuerza.

Mi cuerpo, felicidad suprema hasta los quince años. Castillo cerrado después de los veinte. Asalto de tal asaltante ante de los treinta... Poca inteligencia o una total insuficiencia de mi parte. Quizás mujer fría, concepto este que me regaló un hombre, cuando sus brazos (con desencanto) acabaron de exprimirme el desprecio que he sentido por ellos. No lo llamaré como mujer, a este tipo de desprecio. Es mejor llamarlo frustración, cualesquiera que hayan sido las apariencias. Creer en esta desoladora influencia, quizás por maltrato del destino o quizás por carencia de vicios en este París, ya iría más allá de ese, también, resultado amor experimental entre mi padre truhan y mi madre fenómeno fisiológico.

Pero la voluntad de Dios es invencible, y aquí, y sin frecuentar prostíbulos, porque para puta todavía no he nacido, a veces lloro. No para matar el dolor de ser mujer, sino para enseñarle a mi alma que hay que aprender a soportarlo todo parisinamente, aunque después me queden esas huellas desquiciadas de arrebatos, y no entienda que para cada sombra hay una estrella, y que para cada estrella hay una mujer... como lo dicen algunos poetas, que, por supuesto, no son mujeres ni jamás lo serán.

Una mujer tan malparida como yo, sin saber si mis genes se merecían o no esta odisea, lo humillante y la derrota de todo esto, no es haberla soportado tanto tiempo, sino el haberme parido. Porque parirme a mí fue un trágico suceso. De mujer a mujer qué no se desgracia. Nada. Pobre madre, que fue quien lo soporto peor.

La puta, la madre, y la puta madre, son psicologías coincidentes que Bigas Lunas persiste, constantemente, en achacarnos. Quizás como un funesto fruto de falta de instrucción sexual, para que, a la hora de gozarme, buscarme, penetrarme, sin la ternura necesaria, se convierta para mí en un animal oscuro: el demonio. Olvidando, así, al doctor Guyot, siempre lamentándose de la vida matrimonial, donde la felicidad es solo una necesidad sexual de cada orgasmo hijodeputa que se les corre a los casados hombres. No a los hombres casados. Porque para la mujer, el consejo. Siempre el consejo. Mucho consejo, después, mucha tranca. O sea, que para la más puta mierda esa enseñanza de que la mujer es la flor matinal de cada hombre y nunca se le maltrata.

Nada aprendemos con esos supuestos consejos, es ese el misterio del sexo. Porque tener cegado el entendimiento es una cosa, pero abrirle las piernas (y bien abiertas) a los frutos conyugales es otra. Pocas mujeres somos sabias en este asunto, y ya se ha dicho cientos de veces: el matrimonio es un aplauso, solo dura lo que chocan dos manos (de una misma persona). Pero es el imperio del universo, por tanto, hay que experimentarlo. Irle de frente. Aquí el destino es incontinente, tantos hombres como tantas repugnancias, o como tantas existencias de esa extraña rareza llamada hombre.

Genésico, todo es genésico. Y todo lo demás soy yo: El fruto de una mujer casada con un hombre magma como el Ave Fénix. Roberto Michel Renfeld, franco chileno, traductor y fotógrafo. Aficionado, solamente, a sus horas; las mías, mis horas, o las que pueden ser mías, se las lleva el viento que empuja a Roberto Michel en sus aviones hasta París.

Bajar cinco pisos por una escalera enorme, comer solo pastas y vivir esperando una invitación de cena, noche tras noche, en las cuales Roberto Michel no está, porque se entretiene en Saint–Louis tirando fotos a sorprendidas señoronas, que se iluminan debajo de los faroles. Y que, con sus grandes cigarrillos de moda, le dicen: «Chico, chico… toma tus francos». Esto es mí resumiendo: Ser mujer a veces cuesta ocultar la cara pálida, las canas sin teñir y un cuerpo dejando que desear, porque el espejo (en todos los casos) es como un gato estremecedor que enseña, o demuestra (mejor dicho), las dos largas piernas sin peludas, el oscuro cielo de las cejas en pie de guerra, y las manos como dos cubetas de fango.

Ser esposa y llegar al matrimonio es natural. Como también ya era muy natural que Roberto Michel no regresara durante cinco meses, y entonces, la soledad me busque y me busque dentro de toda la ropa ajena que existe en la ciudad parisina de La Habana, un vestido bien amplio, uno grande, grandísimo. Ya me siento vestida, ya soy mujer. Pero, también, ya estoy casada: Matrimonio formal parisino habanero. Una admirable mujer que espera a su marido muy perfumada, vestida con un amplio ajuar, pero no soy Penélope. No soy una convertida contemporánea Penélope. Verdaderamente, en Cuba, las Penélope desaparecen y no es de muerte natural.

Cerrando los ojos, como si fuera recuerdo, si es que alguna vez los he tenido abiertos, a mis ojos, recuerdo: los besos de mi marido son burlones, su pene es un látigo de plumas suaves y sus orgasmos son como los autos oscuros de las embajadas árabes. Mucho lujo, mucho confort, pero poca diplomacia. Te pasan por encima, si te demoras en el encanto de mirarlos, en unos escasos segundos.

En fin, que, así y todo, soy una mujer elegida, pienso que pocas hay como yo. Finjo siempre el placer de toda nueva aventura. Porque, según mi marido, él es como el aventurero de la foto pintoresca que tiene mi amiga Ahitana, en el rincón más pequeño del apartamento. Roberto Michel se consuela. No con Ahitana, ella protestaría si se sintiera obligada como yo. Porque Ahitana es el libre albedrío de mi vivir, con la invitación de cena, de noche tras noche.

Aunque, también es mi clausura. Y hablando ya más cobardemente, Ahitana también es mi miedo. Aquí, París es solo el magadis del madero de Cuba. Qué bien sería conocer ese apartamento contiguo. Esto es un pensamiento, solo un pensamiento. Pero ya escucho al socarrón de Roberto Michel tirar la portezuela del auto y cansarse de tanto golpear, con sus nudillos, en la puerta. Volvió a olvidar sus llaves, sus ridículas llaves francesas. Nuestra puerta que es el agujero más taladrado que tiene mi cuerpo. Detrás de ella está mi espasmo genésico, mi posesión, mi riqueza. Y no es porque mi marido está entrando en la casa, es porque está mi mano. Para que se perpetúe la aleación entre mi clítoris y el deseo extramatrimonial que siento, con miedo, por conocer la invitación de Ahitana, noche tras noche. Desdichada yo si me resistiera a esta atracción anormal. Aunque lo de anormal nunca me ha convencido mucho, porque también esto pudiera terminar en una exaltación termodinámica. Un todo genésico sin eretismo, aunque yo me muera de miedo.

Es quizás, por eso, que comúnmente yo llamo a mi matrimonio: catástrofe, novela ridícula… o aún más: enfermedad moral con egoísmo binario. Aunque mi vieja amiga Madame Francinet me contradice, explicándome que esos papeles firmados son fares, solo fares. Y no faranduleros de tercera o quinta clase, como yo los llamo.

Los átomos del apartamento contiguo me golpean, tan fuerte, que cuando Roberto Michel entra y se desnuda ante mí, he sentido un deseo poco usual. Dejé mi individualismo a un lado, lanzándome, con la furia más genésica del mundo, sobre aquella baba de diablo que parece un ojo entre sus piernas. La invitación de cena, seguro que ya me escucha a través de la pared, cuando juego con la pluma de mi marido, huelo hasta sus genes a través de mi excitación.

Pero Ambrosio Paré debiera aconsejar a Roberto Michel. Es tan notable su sabiduría como médico, que debe recetarle que perder un avión a cambio de una buena mamada, no tiene, en absoluto, nada que ver con la ciudad parisina. Porque si con esa descomunal mamada que ha recibido, entre petulante y socarrona, su pluma se le ha mantenido inocente y hasta lastimada, pensando nada más que en París, debe tomar la decisión de hacerle un servicio más sano a la humanidad: reconocer que fisiológicamente ser maricón no es una cuestión de mujeres. Pero si Roberto Michel toma el avión, no será nunca una ignominia. Menos aún, si mi orgasmo de hembra en celo está casi ahí, deseando, en vez de espermatozoides aberrados y psíquicos, un fluido femenino. Donde se da, por hecho, que otra mano también busca su organismo de animal femenino para llevarlo, así como yo, a toda carrera, al espasmo genésico de gritar y gritar con ricura y placer.

Yo fantaseando con mi gozo y clavada dentro de todo lo oficial y privado que tengo como mujer casada, gocé y gocé hasta que Roberto Michel, con un simple movimiento de dejadez, echó a un lado a mi cuerpo... a la cama y a nuestros almohadones. Y se dedicó a cambiar de lugar las dos maletas, y otra tercera llena de cámaras fotográficas. Cuando ya me cansé de observarlo, con sus diarios, sus maletas y su boleto de avión, se lo dije casi gritando: «Saca tus ojos de película de mis deseos, aquí el negativo y el positivo ya comienzan a cansarme». Y con su común mueca, aprendida en Paris, ladeó la boca con cierta risita. Entonces, lo vi colocarse los zapatos y hasta lastimarse sus pies por el apuro. Esta vez, su avión fue la mejor magia de mi vida.

Mi mano cerró la puerta tras él, después, la cerré sobre mí. La escena de la Sainte–Chapelle ya era asunto de Roberto Michel. La mía, mi escena, era seguir saboreando los estertores genésicos del apartamento contiguo.

Y me he quedado con el único paliativo posible que encuentro: aprovechar mi miedo. Ese quemor que uno siente cuando está entre hombre y mujer. Pero la nature, les sociétes... y mis lágrimas... Mis sexuales lágrimas que ya sienten otra vez a Ahitana y que, aun diciéndose francesa, también se descubre gritando. No es como Roberto Michel que se dice descubrir oliéndose como los animales, pero el alma no es más que el cuerpo, y a este cuerpo mío ya no lo huelo. Ahora, solo es alma genésica a lo francés o a lo francesa.

Pienso, y pensando de esta manera, deambulo de calle en calle, de calleja en callejón, hasta dar con unos callejones sin salida, que son los ojos de la invitación, de noche tras noche de Ahitana, que un poco excitados despiertan mi estrago, inocentemente inmiscuido en algo que no debo. Pero siempre recuerdo que mi marido Roberto Michel tiene una pluma que no se endurece, unos ojos que no lloran y unos espermatozoides tan aprovechados, que jamás he sentido alguno mío.

La Habana, tan insegura de su construcción, dejó al fin de ser París cuando sintió el portazo último de Roberto Michel. Me dispongo, entonces y ahora, a trastrocar el orden: tengo un pene entre mis piernas llamado clítoris, no lo olvido para esta nueva disposición. El resto ya será que entregaré mi verdadera condición humana, aunque me nombren o me digan genésica, y que después, el gran Horacio escriba lo que le venga en ganas.

A LA HORA QUE DUERMEN LAS PUTAS

Esto hubiera debido yo saberlo.
Mi hojalata requiere siempre la misma madera...
Günter Grass

I

Vine a descubrir mis pezones cuando Pavese escribía su *Casa en construcción*, y como quien verifica patrimonios literarios, comencé a observármelos. Según el científico Martín, mis pezones tienen areola elevada y están marcados por fuertes pigmentos, no para su relieve, sino para su ensanchamiento. He notado que se mueven con mucho calor, otras veces con sudores fríos, que llegan hasta mi ombligo. Hay momentos en que suben y bajan como un torrente enloquecido. De ahí, que los nombre mis agentes de mi publicidad. También son el alma de mi erotismo.

El espejo los multiplica al desnudarme. Es como un acto de magia que me hipnotiza. Se funde, así, el azogue con mi carne. El humo de mi cigarro es lo único que se mueve en el tiempo real. Todo lo demás responde al aprisionamiento de fuerzas sobrenaturales. Mis tacones, por ejemplo, abandonados bajo la silla, guardan el impasible miedo de todas las noches.

Yo tampoco muevo un dedo. Solo así soy capaz de lanzarme a las calles, a practicar la profesión más antigua del mundo. Pavese ni se imagina el montón de sueños que tengo que echar a un lado para que mi cuerpo no llegue a la parálisis o a la tristeza, cuando lo obligo a vincular la acción con la emoción.

El amor es más antiguo que el mundo, eso dicen, pero soy postmodernista nocturna y no tengo nada que ver con las noches en que Dafnis y Cloe andan con sus romerías de buenos sirvientes del alma.

Yo vivo de tragedia en tragedia, fingiendo idilio a cada momento, para después asquearme de mí. Soy una puta que piensa. Por eso, cuando regreso de esas noches, acaricio la foto de Pavese. Es la verdadera carne de un hombre. Lo beso y el miedo, la ira y el asco, se van aplacando. Con alivio me miro. Ahora, mi materia es mía, solo mía. Por eso, los despierto para que sueñen conmigo y dejo a un lado todo, desde el dinero que gano hasta el llanto que traigo envuelto en asco.

Mi deseo es perfecto desde que el autor de las tijeras tomó sus pinceles y ante un enorme lienzo pintó los pezones más reflexivos del mundo: los míos. Decidir cuál me conviene, más nunca he podido hacerlo. Elección es otra palabra que murió cuando yo nací. Pero son el refugio para escapar de la vergüenza. Ser puta no es un invento científico, es una ocurrencia. Las almas en las carnes, así quisiera ver mi profesión. Pero es todo lo contrario, las carnes en las carnes. No hay almas, solo furor bajo mis bragas.

Y es que tal vez soy dos mujeres en una. Los estudios me lo han demostrado. Qué virgen soy cuando llega el día, pero por la noche realizo un crimen perfecto, lo destruyo todo. Soy mi propia mazmorra.

Vistiéndome, dejo escapar el grito de siempre, ya hasta me aburre este grito, pero es que el hambre obliga a ser primitiva. Soy otra vez mi propia mazmorra. Mis pezones ahora son una rutina insoportable, los detesto porque ya vuelve la noche y es brutal mi imagen reflejada en el espejo. Por las noches, nunca me reconozco en él, es como si estuviera en una pesadilla turbulenta y mi cigarro fuera la única guarida que tienen mis pezones, en esta hora en que duermen las putas. Por eso, dejo ese cigarro siempre en mi boca, con un equilibrio solo mío.

II

A la hora que duermen las putas, Kemy se coloca el cigarro entre sus labios, lo aprieta fuertemente y lo enciende. Inhala con todo el poder que le dan sus pulmones, el cigarro le responde como un volcán en erupción. Dispara el humo contra el cristal empañado.

No toca el cigarro con sus manos, la presión de sus labios lo mantiene estático.

Cada ojo de su cara es un hormiguero, los mueve en varias direcciones. Es la mejor hora para montar guardia. No hay postas enemigas y existe el apoyo unánime de los que no tienen nada que ver, ni sentir con una puta.

Agua, fango, hambre y sed. Todas las dificultades del mundo con ella y en ella. Por eso, está con el cigarro mal fumado acuartelada en el parqueo de la tienda. Ahora, lo que necesita es una bazuca con veinte proyectiles, para volarse, de una vez, su puta mala vida, pero eso sería un combate muy corto en el que saldría perdiendo. Y lo que verdaderamente desea es una larga jornada. Doscientos caballos sobre la carretera asfaltada, con sus doscientas alforjas repletas de dinero, mucho dinero. Para eso está allí, sin su espina dorsal rota, porque a esa hora no hay puta que se la rompa. No hay puta más puta que ella misma. Así, marcha como en los grandes. Sus tacones son soldados y no declamadores. Se prepara para usar un sinnúmero de armas, que es lo mismo que decir: negro, blanco, jamaicano, francés o cubano. Y allí se queda, porque la espera puede ser efectiva.

A esta hora, quién puede disuadir a Kemy para que la ambición se le calme y se deleite con algo más discreto. Nadie. Porque a esta misma hora, entra al parqueo de la tienda un auto rojo, que a esta hora es para Kemy, la mejor basílica que puede visitar en el mundo.

Cuando se abre la puerta del auto, lo primero que ve descender es un zapato muy grande. Aún no ve cuerpo ni rostro, los cristales del auto no se lo permiten. Con habilidad, más que estudiada, agita con lujo su cabello y mueve, con picardía, la cabeza. El hombre queda en pie delante de ella. Tremendo cristiano le ha mandado Dios, piensa Kemy.

Y guardó toda hambre posible dentro de su honra. Ahora, iba al ataque sin estar endeble, desplegando cada pedazo de su cuerpo en un movimiento de apetencias. El elegido había llegado.

Sería realmente Dios quién le mandó al cristiano, o será que aquello, que para algunos es milagro, para otros es transacción de intereses. Nadie pone en duda que es transacción, mucho menos

Kemy, que ya intenta ajustar el meridiano del Caribe con el de Europa. Como primera regla de diplomacia, finge recoger su cajetilla de cigarros. Un hábil pacto entre sus muslos y los ojos del europeo, que hacen los malabarismos cartográficos más exactos del mundo sobre las bragas de Kemy. Cuando la observación astronómica del europeo le permitió ya sopesar la distancia, Kemy se le acerca. El cabello oscuro del italiano (porque tenía que ser italiano) despedía fuego, pero con cierta elegancia deshizo el escándalo de lo otro oscuro: su bragueta. Para el bien de la paz, cedió sus derechos a contentarse con explorar las magníficas nalgas de una cubana, a una distancia promedio en la que su horóscopo nunca hubiera acertado.

Y sin soltar la península gigante de Italia, ahora el monopolio más consolidado de su vida, Kemy fue llenando el vacío que existía entre los dos, hasta que pegó uno de sus pezones al pecho de aquel sabroso cristiano, que Dios, Roma y su vocación, le habían entregado. Y con la única fortuna de su vida: «la táctica de ser puta», lo fue sondeando con todo el gusto posible, rozándole las mejillas como lo que es, una consoladora puta de hambre, que daría toda la mina que tiene como vagina, con tal de comer, aunque sea, un diminuto entremés, descubierto hace ya tres mil setecientos cuarenta y tres años en la vieja España, pero que, al lado de su hambre era el océano occidental de la ruta de Colón.

Y como todo un caballero romántico, y sin soltar su pezón, envolvió a Kemy dentro de sus brazos. El placer lo mantenía frenético, trasladado a una mudez sin pudor, pero estaba condenado a un enorme parqueo, donde las luces se atrevían a romper la rica sensación que sentía, sin tener que pagarla ni buscarla. Esa sensación, en Cuba se regalaba y había que aprovecharla. Eso ya era de su conocimiento. Así que la entró al baño y pagando los sesenta centavos, se dispuso a seguir aquella rica sensación, con los juegos de azar de una puta cubana, mientras su respiración se volvía a desesperar, porque Kemy tenía nuevamente una mano bien fuerte sobre la bragueta, mientras que con la otra se masturbaba, para que él gozara la eyaculación con más deseo. Para que sintiera lo que era una cubana a la hora que duermen las putas, estando sola y con un hambre parecida al que él tiene ahora, en que se miran paralizados, sin balbucear una palabra.

Entonces, fue que Kemy entendió una frase: «déjame verme en el espejo». Mientras su boca seguía danzando como un pincel sobre aquel enorme animal, que se vestía y desvestía de su forro delante de su lengua. Y ella, completamente en éxtasis, la miraba despertar como a un caballo en celo que, sin casi ser tocado, se despeñaba en longitud sexual.

Kemy con los dedos húmedos de saliva, se los metía con fruición en su clítoris. Así se gozaba su piel, sus carnes, pero el italiano no dejaba de examinarse en el espejo. Los jadeos de Kemy eran más escandalosos, dentro del pequeño baño, pero ni su lengua especial y placentera hacía que este eyaculara. El italiano solo cerraba su boca sobre el mismo pezón, no buscaba el otro, que ya también se había salido del escote y gritaba para que lo mordieran.

Tras uno o dos jadeos, Kemy sacó los dedos del clítoris, colocándolos entre las nalgas blancas del italiano. Un grito de jolgorio juvenil se escuchó. Entre el placer y arrebato del europeo, Kemy se encimó más y chupándole las tetillas, se aferró, con una mano, a aquel trofeo, haciéndolo excitarse. Con mucho tacto, el italiano hundió su dedo medio dentro del bosque enmarañado y húmedo de Kemy. Ella solo le dijo: «házmelo». Los dos cuerpos estuvieron largo rato, como un resorte que se aprisiona y se suelta. Los muslos se abrían y se entrecerraban, con gran coordinación. Se clavaban las uñas sin decir nada. Solo jadeos, seguidos de lengüetazos, que viajaban a cualquier lugar del cuerpo. Hasta que Kemy, elevando su grupa lo más que pudo, se dejó sodomizar como si tuviera a flor de piel ese deseo. Ahora, el italiano era el dueño de aquellas nalgas cubanas, que un Dios caribeño le había regalado, y chillaba como un niño, con los dedos metidos, muy profundamente, en la vagina. Chilló hasta que vino una sacudida colosal y, como un fogonazo, las ingles se le fueron desinflando, así como se le desinflaba aquella corona enorme que seguía toda introducida en el hueco de aquellas viciosas nalgas. Kemy también perdía el ritmo del resorte y todo quedaba estático. El clítoris, sin desafío alguno, y el miembro entregado, por completo, al sueño eterno dentro de su cueva cubana.

III

Mi nombre es Keilly, pero me dicen Kemy. Y lo que más le preocupa a los demás es porqué si soy tan puta, soy tan reflexiva. Lo de Kemy es porque me quemé de tanto andar con los extranjeros. Mis amigas, que son excelentes, enseguida me atribuyeron ese sobrenombre. Tengo otro cigarro en la boca y me hierve la sangre. El italiano no dejó mucho, solo el convencimiento de estar satisfecho como maricón. Para mí, es primera vez este suceso. Pero mi estómago ya está lleno. Soy una cochina mazmorra. En la escala de hombres que he tenido, este ha sido el único que me hizo sentir una intuición sexual distinta. Parece indicar que he encontrado, en mi vida, un surco de desvío que no conocía. Con estas ideas, pienso, alguna que otra vez, en mi amiga Stephanie, fijándose en mis senos cuando estoy desnuda y siempre diciendo lo mismo: «me gustan tus pezones porque parecen cúpulas de iglesias».

Análisis, crítica o deseos. ¿Qué querrá decir Stephanie con esto? Es el entierro, al que ahora estoy sometida. Si es un análisis, tiene bastante de paisajista, si es crítica, no la siento como censura, y si es deseo, será fatal. Porque con las matizaciones que las lesbianas se hacen con sus vidas, yo me siento aterrada. Dicen que entre ellas existe un placer muy profundo, pero a la vez muy oscuro. Y yo, con una vida así de clandestina, no puedo, no podré.

Pero forzosamente choco con la realidad. ¿Cuántos hombres han acoplado sus cuerpos al mío? ¿Y qué he sentido? Indiferencia, asco, desamor. Tengo miedo a la política de todos los pueblos: las putas todas terminan en tortilleras… Por mi parte, hasta hoy he tratado de mejorar, pero es preciso no equivocarse, desde la primera vez.

Mi primer hombre. Un tipo, solo eso. Mi primera carta de tolerancia y de desvelo. Me entregué a sus cochinos antojos. Desde entonces, asqueo de todo como si fuera algo patológico. Y me acomodo muy fácil a lo que hoy no quiero ser: una puta.

Dormir con Stephanie, eso sería una loca aventura que, quién sabe si tal vez, salvaría mi honor. Los caracteres femeninos son atrayentes, no lo dudo, pero sentirlos... ¿Qué será sentirlos? Una falla social, dirán los mojigatos. Un traspaso de puta a tortillera, dirán los que se acostaron y se acuestan conmigo. Y yo, qué diría yo: padecimiento de trastorno en busca de la extrema sensibilidad. Eso es lo que diría. Pero en lo real, lo que hago es gritar: «¡puta, puta, puta y mil veces puta!», como si fuera un factor hereditario, una marca, una mancha. Kemy, tortillera por culpa del pecado de Adán. No quiero ni pensarlo. ¡Qué miedo! Yo pienso seguir siendo una chica Almodóvar, bien alejada de ese pastel. Pero siento un gusano comer en la madre de mis entrañas. Y desde que ese italiano clavó su dedo, como una lanza, en mi clítoris, algo me lloriquea por dentro. Siento, sufro. ¿Sufro?, un cerco a toda hora: Stephanie.

A través del espejo, mira cuando me maquillo. Una mirada puta con reflejos de ternura. Sus ojos vidriosos se apoderan hasta del carmín que unto en mis labios. Entonces, un germen raro recorre mi cuerpo, se introduce como si fuera veneno, para luego darme una alegría desenfrenada. Estoy incendiada, hirviente, como si tuviera una brasa roja de candela en el estómago. Y cada tres segundos, recuerdo a la madre que parió al italiano.

Mi cuerpo, sabe Dios porqué, se desmenuza. Un susurro fantasma, pero cariñoso, me entra hasta por las costillas. Y le digo, tócame Stephanie, sé que Pavese no es el culpable. Pero me siento aterrada y apenas alcanzo a ofrecerme. Pero de nada sirve que no pueda, porque ella es una reliquia sagrada y ya mi cuerpo es su hilo abrasivo. Ahora, más que nunca, quiero soltar mi grito, pero no tengo éxito. Mi vida mundana se desploma y escondo mis pezones debajo de mis manos. Son míos, es lo único digno que tengo, le digo. Pero Stephanie es una piraña devorando placeres ocultos y bucea todo mi pecho hasta encontrarlos. Es que hay cuerpos imposibles de sostener, y el mío revolotea, se esfuma. Juguetea con mis dudas. Con exigencias extrañas, plácidas y onerosas, se suaviza. Soy su rehén.

El lienzo de Da Vinci comienza a mirarme exaltado, preguntándose lo mismo que Villena: «¿y qué hago yo aquí donde no tengo nada grande que hacer?». Mientras que Pavese, sin dar luz, cavila. Mi cigarro y yo continuamos ardiendo, como también debe arder Stephanie, que ya, con su boca sobre mis pezones, aleja al fantasma de las putas, para que yo sea la oveja mansa de las tijeras de Da Vinci y elija entre ella o Pavese.

Al fin, sale como un tropel mi grito, pero ya no es un grito bohemio, ahora es grito de miedo. Porque el cuadro de Pavese se cayó de la pared y el lienzo de Da Vinci no tiene fértiles sus pezones, están transparentes. Stephanie sigue azuzándome y no se da cuenta de que olvidé la hora en que duermen las putas. Las manos transparentes y débiles acarician, mientras yo, Kemy su pecadora, recuerda a la madre que parió al italiano, sentada frente al espejo, con los pezones cubiertos por dos manos huesudas, que son ahora el alimento perfecto para consumar este nuevo horror.

YO CREO QUE INTERMEZZO ES UNA MALA PALABRA

Dedicado a Noel Castillo,
por su VIA CRUCIS,
cuando ya las misivas desde Tirana
habían sido degustadas

Una noche me dijo: «yo doy luz, y todavía estoy preguntándome, será esta familia de Cristo. Porque dar luz (no lean esto como espectadores) es emitir esencia, y creo que la esencia se comparte». ¡Qué analítica estoy, eh!... Aunque yo también me creo que soy luz. Los críticos se saciarán con este emitir y no emitir. Pero analicemos nosotros, también, no será un poco inaudito que una mujer que, simplemente, llena espacios teatrales, haga de sus luces un credo (por favor, no lo tomen a mal, no encierro a nadie con esto).

Esta es Mariesther, la que existió en la década de los sesenta, «con su bolso de piel marrón y su vestido de domingo», los zapatos, no sé, ¿tendría zapatos puestos? No, creo que no, seguro que iba descalza, para darle más luz a la inocencia MANERA DE VER SU VIDA. Soy enemiga de la materia disfrazada, que mal me cae, lo mío es: contacto, mucho contacto. Y Mariesther sí existió de verdad, aunque ya sus ojos los tenga manchados, después que Lennon fue asesinado. MIRA QUE LA VIDA EXAGERA.

Tres de la tarde, no cuando mataron a la Lola, eso sería despersonalizar a alguien. Hablo de las tres, hora de la Mariesther y de su llegada al bar, «manera de reunirse con los que no se reúne» (pero se muere por estar). Esto lo sabe solo ella, ustedes no, ustedes guarden sus ojos en la mochila de Mariesther, o en sus pañuelos. Quizás, sería más factible en el onomástico, ella tiene esto como pañuelo de pérdida, pero no se lo cuenta a nadie. Pero volvamos a la luz y mandemos para el carajo este lio de pañuelos y más pañuelos.

Dicen que quien da luz, también da sombra. Tomemos entonces a Mariesther y coloquémosla sobre un escenario. Con qué ropa, desnuda, es mejor tenerla desnuda, encueros (para que quede con más ricura). Vamos a sentarnos como espectadores, qué vemos, qué sentimos. Miren bien a la derecha, puede ser que la luz esté desviada, o para resolver mejor el asunto de este escenario, digamos que esta misma luz cambió de tonalidad. Eso es emigrar hacia el oculista, pero ustedes callados, recuerden que dejamos el bar a un lado y estamos en el teatro. «Hay que hacer silencio», dice un cartelito ridículo y mal escrito en un ángulo de la pared del teatro. Qué asco... Esto lo digo yo, no el cartelito.

Seguro que estamos en el nuevo milenio y que la salsa rusa de Noel frecuenta hasta los mismísimos parques, esto no lo anoten, no vale tanto la pena. Como si no deben dejar de entrever ni de anotar que el hijo de la húngara «está primero que todo», un tremendo mulato de ojos azules, no puede olvidársele a uno, así porque sí, aunque ahora Mariesther esté proyectándose y pruebe que es una mujer delicada y fina. Desnuda. ¡Ahhh, y encueros!

El lector no debe pensar, jamás, como el hijo de puta de Cercamar, que, sin duda alguna, está pensando que la escritora le está usurpando a Noel Castillo su forma de escribir, por cierto, bastante rara. El lector tiene que estar seguro que Mariesther, «con su bolso de piel marrón y su vestido de domingo», existe con su luz y su encueradera, aunque después se diga que esta misma Mariesther es la prima hermana de Lennon, con pura sangre azul, divertida, y seguro que es una chupadora, de las buenas, del opio (pero esto no se dice, otro cartelito sin colgar) y muy visitadora de subastas (no es comemierda, trata de localizar el piano donde Lennon compuso *Woman*).

Ya hablamos del hijo de puta de Cercamar, ¿no?... sí, sí, sí, ya lo hicimos. Otro descubrimiento menos, ahora afloja sus músculos, se relaja en la butaca del teatro, recuerda a un Buda sin estómago, «esto es anexo, no actuación». Mariesther se limpia las lágrimas, eh, ¿y por qué llora la Isadora de la Luz?, nos preguntamos. Tenemos un sitio, un escenario, a Cercamar desbordado en su butaca y un pañuelo onomástico, este no lo contemos, nunca aparece. Cercamar se ríe, el poeta se come las uñas, aparece otro letrero comemierda observando las lágrimas de Mariesther: SINDROME DE ADULTERIO EN ACCION. En dos fracciones de segundos, ¿dije dos?, me equivoqué, debo decir en varias fracciones de segundos, Cercamar no nos pudo complacer con su sonrisa, esquivó el ambiente, pero no lo logró, Mariesther se puso insoportable con su jerga, mirando de reojo al Cercamar. «CAMARADAS, BRUJAS», uno los hilos como el poeta del momento, en su libro Las vidas miserables.

El momento era melancólico, no lean tan de prisa porque no encontrarán la melancolía... OH, MELANCOLIA, SEÑORA DEL VIENTO, DIME SI ME PUEDES AMAR. Geryn, el alienado que mató a Lennon, compra el disco de Silvio. Cercamar no evita la rabia, cuando lo ve tan zorrito, y escupe, vocifera, tose, hace bulla en el teatro, sin ver el ridículo cartelito y mal escrito en un ángulo de la pared: SILENCIO... Estamos en el teatro, tres de la tarde, no cuando mataron a Lola (¡coño, ya dije esto!). A Geryn le dio la gana de comprarse el disco, Cercamar saca, entonces, una banderita inofensiva, Noel Castillo fue quien le enseñó esa estrategia. A duras penas, Geryn se levanta avergonzado de su butaca y alza la palma de la mano. Escuchen, escuchen... ahí se lee sobre la puta banderita: ¡PAZ!, ¡POR FAVOR, ESTAMOS EN EL TEATRO!

Geryn y Cercamar se sientan, muy uniditos, en el teatro, ya no se odian, la banderita los salvó, pero ya se acabó, otra vez, el silencio, llegaron los chiflidos y los de mentes quebradas. La portañuela existe, es un instrumento, y el labrador está dentro. A ustedes, los que leen pueden usar el preservativo, no se enfrenten a lo exabrupto. Tampoco miren para lo que nos les importa: Geryn y Cercamar.

Es un código, hoy 24 de abril, milenio final, Mariesther y la caldera proveedora de su luz, los hombres lastimosos (para no decirles homosexuales) y los hombres lastimandoportañuelas (para no decirles heterosexuales, masturbatorix) sentados, de pie, todos en sus butacas, todos en los pasillos, todos en el teatro y sus cartelitos.

Recuerden, el bar está opuesto, conspirando contra la escritora. El bar, Geryn, y Cercamar «CAMARADAS BRUJAS». UNA MANO PROPICIA EL MOMENTO, no me gustó eso de la mano. Me gustaría más: una voz propicia el momento, no lo tomen a mal, es que estoy enamorada de la voz de Mariesther: gutural, filosófica, femenina, refrescante. No me critiquen, no hablo de gafas refrescantes. A Mariesther ya se lo dijeron, pero a mí nada, ni me lo han mencionado, aunque yo también se lo he dicho: «voz de hembra en celo». NI INMUTARSE CUANDO SE LO DIJE. ¡Qué perra asquerosa, y después habla de luz!

La luz ¡ah, la luz! Todavía no ha llegado, no ha entrado, no ha penetrado, aunque ya reconozco que pienso mejor en la familia de Cristo y aprendo que la esencia si se comparte. Ya no es inaudito. Con su «bolso de piel marrón y su vestido de domingo» (MANERA DE REUNIRSE CON LOS QUE NO SE REUNE), «miren, vacilen bien, oigan bien», voy a sacarle la luz a Mariesther. Claro que todo esto es porque me da la gana.

La salsa rusa ni se compra en los mercados, ni llegó de aquella Rusia, y digo aquella con despecho y que me descuarticen, «seré no comunista, pero te quiero», simpleza verosímil o inverosímil. Y vuelvo para la salsa rusa (ME DA LA GANA. NO QUIERO LIO CON LA POLITICA), Mariesther le dio la receta a Noel, tan intrépido, la guardó sin llave en una embajada cerca de Rusia, no recuerdo a qué país pertenecía la embajada, ¡ay, total, eso que cojones importa! Lo de salsa es normal, es lo que corre, resbala suaviza, penetra… ¡hey, creen que puedo escribir penetrar! Todavía no hemos llegado allí, mejor vamos a decir CALA. Qué fea suena esa palabra, pura sangre azul de la prima de Lennon, que todavía (LA POBRE) no ha encontrado el piano, cuando lo encuentre, ya veremos, quizás haya que encender velas, porque la luz aún no se percibe. PERO PRONTO, PUEDE QUE LA CALE.

Ah sí, lo de rusa, eso. SALSA RUSA: porque Noel es ruso, nació en Perea. Y camina hablando de literatura, de récord deportivos y los asuntos menos importantes, es lo reservado que es con respecto a su nacionalidad. Mariesther sí se las sabe todas sobre Noel, POR FAVOR, SILENCIO, recuerden que estamos en el teatro (que no hemos llegado al bar) y que existe un cartelito ridículo y mal escrito en un ángulo de la pared.

Perea está situada en un límite de Leningrado, a doce millas del Mar Negro, y tiene fronteras con Jucateka y Miasancla. Hoy, solo cuenta con medio millón de habitantes y ningún río (por ahora). Información encontrada en el bolso fucsia de Mariesther; silencio... silencio, PIDO SILENCIO, no olviden el cartelito. DEJEN LA COMEDURA DE MIERDA PARA OTRO MOMENTO Y ATIÉNDANME.

Qué dirán los críticos con este desparpajo. Guardando siempre, guardando nada más que para ellos: el asunto, el asunto de la farándula, el asqueroso perreo. Y diciendo y diciendo... que esta escritora copia a Noel Castillo. MIRO A MI ALREDEDOR, aprovecho, no hay nadie, y grito: «¡A MÍ QUÉ CARAJO ME IMPORTAN LOS CRÍTICOS!». Mariesther tiene la luz (borren a los críticos, llegó la luz) y les confieso que cuando me la entregue, voy a llorar. A LLORAR, COÑO, ¿no entienden? Yo tampoco. Y Cercamar también va a llorar, y Geryn también va a llorar (tan pájaros). ¡SALSAS RU-SAS!!! SS, ¡Nooo!

Ahora, es el momento que creo más propicio para dar el golpe final (a mí también me dieron el momento y también el golpe final, ¡AY COÑO COMO DUELE!). Llegó la hora, Las nieves del Kili-manjaro arden por saber qué será de la luz de Mariesther, o que será de El hijo de la húngara, que con su arrebato se fue para el carajo y cambió su nacionalidad, porque decía que él era demasiado «archi-cubanoca».

Pero ahora, y retomando la palabra del crítico, «me cago en la madre de Constantinos MENOMECOS», no sé cómo seguir la his-toria, punto final. Que me perdone YUDIMILKIS (Fe de errata: nombre equivocado, cacofonía, disyuntiva). Me convierto en una incendiaria cuando desplazo a Mariesther del teatro al bar. Piensen bien, piensen como yo, en el teatro es una actriz (NO HABLO DEL TEATRO DE NADIE, RESPETO) y en el bar es una puta. Y ya lo de puta no me gusta para Mariesther, «es tan santa con su luz y su guía», que me aterra verla como una puta. Además, ella es muy mía. YO LA VI PRIMERO (¡qué cursi!, ¡qué kitsch!). ¡Saquen la banderita, críticos! (Cuidado, mucho cuidado, están tomando el rumbo equivocado... ¿dónde? ¿dónde?).

Coño, ya esto me está jodiendo, voy para el bar, aunque Mariesther sea puta y Cercamar se esté agarrando con Geryn en el baño (Ay, maricones, maricones, en el baño no, en el baño no. ESTO LO GRITO UN CARTOMAGNO DESDE SU MESA DE TRABAJO, «la mesa no estaba en el mismo lugar que ellos»).

La exquisitez ha llegado, estamos en el bar, Lennon se hace el terrible, no Iván el Terrible, eso es asunto de Noel. «Me gasto al pensar cómo acabo esto». Muy sencillo, ya verán... Tomo a Mariesther con su luz (COÑO, LE LLEGÓ Y LE SALIÓ LA LUZ A MARIESTHER). No pregunten por dónde, jamás lo diré, es otra palabra fea como CALA. La luz es divina, viene de Lesbos, la ciudad prohibida (QUÉ COÑO PROHIBIDA, SERÁ LA CIUDAD DIVINA, se equivocaron en rima). Mariesther se ajusta bien los pezones, se levanta de su mesa y se encamina hacia el piano (RECUERDEN QUE TIENE SANGRE AZUL, PERO LE DA TRES O CINCO CARAJOS SER LA PRIMA DE LENNON), (The John está muy bueno).

Suspenso, suspenso, tomen un respiro... Por favor, por favor, un minuto de silencio, (ya llegarán los orgasmos, ESO ES ASUNTO DE MI PROFESION). Yo doy luz, me dijo. Y aún me pregunto: ¿será familia de Cristo?, (fíjense bien, eso no me lo dijo a mí, ahora se lo dijo a Lennon).

Ustedes saben ¿no? Enseguida, Lennon dijo: «*WOMAN, WOMAN*», y aquel piano pintado de blanco con una cola despampanante como la del vestido de novia de Juana La Loca, comenzó a extranjerizarse, a tal extremo, que cuando Cercamar estaba siendo penetrado por Geryn, este sintió un teclazo en vez de un... (ASUNTO SIN CONCLUIR. MIEDO A LA FALTA DE ETICA PROFESIONAL). Mariesther y la caldera proveedora de su luz cayeron en éxtasis (LAS DOS JUNTAS), el pañuelo de perdida salió de la mochila (eso sí se cuenta). RECUERDEN QUE TODAVIA TENGO DESNUDA A MARIESTHER, «me da la gana». Y una danza (no sé si hebrea o hindú) antecedió en el salón. La prima de Lennon era bailarina y medio hermana de Celeste Kindelán, ¡ay

coño! esto no lo había dicho. QUE FALSEDAD LA MIA. «MEN-TIRA Y CRECIDITA», ESTO ES CAÑONA O EMPUJON NA-RRATIVO. Psh... NO HAY CRITICOS...
La pregunta es ¿cuándo llegarán los orgasmos? CONTESTO, si llegó la luz, también llegarán los filántropos. NO SE APUREN, QUE ESTOY SIN AUTO. LO PRESTÉ AL POETA DEL MO-MENTO PARA SU LIBRO LAS VIDAS MISERABLES.
Sigamos, sigamos, que ya agarré el curso otra vez. RECO-NOZCO QUE SE ME FUE. Mariesther «con su bolso de piel ma-rrón y su vestido de domingo» (no olviden que esto es falso de Se-rrat, yo tengo encuero a Mariesther. Y está suave, ¡ay coño!, ¡qué suave!), le quitó un cigarro a Lennon, se tiró en el piso, y revolcán-dose (por cierto, al bar hay que limpiarlo a menudo), hizo mil vol-teretas con su danza (no sé si hebrea o hindú) hasta que llegó des-pacio donde Lennon, con su clítoris sostuvo un apoyo bien tierno sobre RECUERDEN: ESTA SUAVE, MUY SUAVE... la boca del dueño–comprador–compositor de *WOMAN* (y no *in the sky*) SEGURO IBA DESCALZA, PARA DARLE MAS LUZ A LA INOCENCIA.
Se perdió para el mismo carajo, Cercamar y Geryn, se habrán muerto del teclazo en vez de un... (ASUNTO SIN... no me da la gana de volver a escribir lo mismo, ESTOY CANSADA).
Qué trabajo tan grande me ha dado convertir a la luz en puta. MARIESTHER SE LIMPIA LAS LÁGRIMAS Y PORQUÉ LLORA LA ISADORA DE LA LUZ (qué comemierda es, llorar porque le dije puta, ¡qué casta!). TEME QUE LO DIGAN EN LA CIUDAD PROHÍBIDA. COÑO... SERÁ LA CIUDAD DI-VINA, «me equivoqué», psh ... silencio, bien chiquitico, que esto fue por maldad.
Noel Castillo está de espectador, dejó el deporte, ABRUMADO, «la realidad supera a la ficción» (eso de las comillas es porque él me lo dijo), MINUTOS FALSOS QUE UNO PIERDE EN LA VIDA. Noel Castillo, quédate sentado donde estás... hasta el final de la canción NO DIGAS NADA...

«MUJER (que avanza despacio, con seráfico bamboleo, y simula esquivar a imaginarios gatos)». COMIENZA LA PUESTA... (no de sol).

Me cercioro que Mariesther ya está gritando. MENTIRA, ELLA NO GRITA. ESTÁ SUAVE. ¡AY, COÑO QUÉ SUAVE! Su pelo ensortijado se mece al compás de las bambalinas (yo creo que hay bambalinas en el bar), que caen al piso, como dramaturgia. SIGO ESCRIBIENDO O NO... (a quién, a quién, a quién no le gusta eso).

Esperen un momento, UN MOMENTO NADA MÁS, CARAJO, es que tengo mal ubicado a Lennon. Voy a colocarlo entre las piernas de Mariesther, todo desnudo y con un letrero de creyón labial en la espalda: *WOMAN* (este *woman* no es el título de su canción, es un emblema de luz feminista). Ahora sí, tremendo gustazo (déjame pensar, a ver, a ver, a ver... ya sé). RECONOZCO QUE SE ME FUE UN POQUITO. NO SE APUREN TANTO, QUE ESTOY SIN AUTO, «coño, no lo olviden...».

Como ustedes ven, Mariesther no se acuerda ni de la luz que me iba a dar y está dando una perreta horrorosa debajo de Lennon porque se acordó que era su prima. Y, AHORA, QUIÉN CARAJO SE ATREVE A QUITARLE DE ARRIBA A ESE HOMBRE CANTANTE HIPPIE. Ah, y también se acordó de Lesbos, y de todo el manoseo que hay que armar para obtener ese tipo de visa. En cuanto aflojó un poquito, Lennon, PARTIDO DE FUTBOL SUSPENDIDO POR LLUVIA. NOEL CASTILLO LO AUGURÓ Y SE FUE PARA EL CARAJO, AVISENLE... DEJÓ OLVIDADO SU PARAGUAS, la exquisita Mariesther convulsionó como le vino en ganas y mandó para el carajo a la gloria de Lennon. (Y no hablo más de Lennon, porque ya él dio lo que iba a dar). Se le acabó la función en el bar «porque en el teatro no logró participar». NO QUISE QUE ASÍ FUERA, PORQUE EL TEATRO SE REPLETARÍA. ¡Ay!, paréntesis pronto, pronto, pronto... ¡coño, se me olvidó! ¡Pum!). ¡Llegó el dichoso cierre!

Por favor, por favor, háganse a un lado, ¡ESTORBAN, COÑO!, acaba de hacer su entrada un camello. ¿CAMELLO? sí, camello y qué: NO HAY CRÍTICOS, ¡A GOZAR!

CAMELLO: Rumiante oriundo del Asia, con dos gibas en el dorso. CAMELLA: hembra del camello (¡ay!, ¿para qué hablo de la camella, si ella no participa?). ANIMAL CHANTAJISTA, RASCA-BUCHADOR, CARTERISTA Y PANDILLERO.

«Anexo»:

El camello es el único animal que está un mes sin beber agua. (Este anexo es habanero, échenle la culpa a ellos… ¡A LOS HABA-NEROS, CARAJO! ¿A QUIÉN SI NO, O DÓNDE SI NO?… y este comercial de quién es… ¡HUM! «Noel Castillo no tiene nada que ver con este asunto, el anexo es plagiado».

Mariesther sacó cien verdes llevándose al camello. NO DE ARABIA SAUDITA, NI DE EGIPTO, NI DE LA INDIA (¿para qué ir tan lejos?). En la parada de Guanabacoa, abundan muchísimo. ¡AY COÑO, CÓMO DUELE! (¡no!, eso está mal dicho) ¡AY COÑO, CÓMO PESA!, (ahora, sí está bien dicho). Cercamar y Geryn (¡mira para eso!, ¿y estos dos de dónde coño salieron?) cargaron el piano para arriba del camello. CAMELLO (otro concepto): animal rodante… ¿cuántas gomas tiene? ¡YO QUE SÉ!… ESTO ES LO MÁS IMPORTANTE DE ESTE CUENTO: «el piano, mucho piano», pero es que ustedes, ni se imaginan cuánto vale. ¿YO DIJE CUENTO? «¿Será esto un cuento?». SUSPENSO, MIRADI-TAS DE DESMANTELAMIENTO, TROMPETILLAS, (lo difícil es que no puedo mandar a hacer silencio, arrancaron el CARTE-LITO RIDÍCULO y mal escrito en un ángulo de la pared).

Mariesther, SOY ENEMIGA DE LA MATERIA: CON-TACTO, MUCHO CONTACTO (recuerden que la salsa rusa lo permite, es lo que corre, resbala, suaviza, penetra… ¡hum!) sentada frente a un orgasmo lésbico (AHÍ TIENEN OTRO ORGASMO, ESTE ES MÁS HÚMEDO), «está suave, ¡ay, coño qué suave EL ORGASMO!», dio luz por primera vez, con esencia y cuerpo (el cuerpo está hecho de espíritu, ESTA SOY YO, LA ESCRITORA) y mucho dinero, porque le sacó al piano, en una subasta, no sé cuántos años luz «y no sé cuántos años verdes». ¡AY, CÓMO HA EN-GORDADO MARIESTHER!

Hablo de las tres de la tarde, hora de Mariesther y su llegada al bar (MANERA DE REUNIRSE CON LOS QUE NO SE REÚNE: «Letrero»).

Por favor, por favor, «NO PASEN. TAMPOCO ENVÍEN RE-CADITOS (recaditos no, recaditos no… canción de Los Van y vie-nen… a México, España. Canadá) BAR CERRADO» (por cierto, hay que limpiar el bar).

NOEL CASTILLO REGRESÓ A RUSIA (no recogió el para-guas) «qué lástima». (Lástima que no me lo haya dejado a mí), MA-RIESTHER SE FUE CON ÉL… (¡Coño, y no dejó ni una pro-pina!).

¡Al fin, se acabó esta mierda, coño! LECTOR QUE LEÍA ESTA HISTORIA EN UN ROLLO DE PAPEL SANITARIO. «Hum, será San Itario…». ESTE ES EL SANTO QUE ME BAJÓ CUANDO Mariesther me daba luz como una «MANERA DE VER SU VIDA». ¡Tan perra!

CUANDO UN DEMONIO TE HEREDA CON MÚSICA

...vuela esta canción para ti, Lucía
Joan Manuel Serrat

La manzana rodó sobre la mesa y los ojos de Carmen se detienen sobre ella. Una oruga, con cabeza triangular, se asomó por su cáscara. Carmen no soporta la escena y vomita. Está cercenada. Apuntes, escritos y reflexiones, también están sobre la mesa. La noche aparece oscura como un velo negro, especialmente, cuando Carmen reúne sus ideas: distintas voces, barbillas desencajadas, golpes, ruidos y después, un silencio. Un silencio azul para que sea algo nuevo, recordó que dijo Lucía, alguna que otra vez

Ahora está sola y prepara sus imágenes, como una ermitaña sin mucha fe, rodeada de preguntas sin respuestas. El ojo de Antonio el americano, como una gran capilla de mármol que no permite escribir su propia manera apurada de morirse. Y el silencio azul de Lucía, sin irse, doblado como la oruga, que apenas tiene derecho a ser reconstruida. La cuchilla le hiere el tatuaje.

El pelo desgreñado y los ojos sobre la imagen nítida de Lucía. Sus labios desconcertados, maduros de llanto, y la piel más blanca que el vestido, pero sin reflejo, como una pared que no se mueve. Primeriza del miedo, se detiene en la puerta, con voz de llanto y risa nerviosa, va tomando precauciones. Sin salir, sin civilizarse, enfrenta lo ingenuo y lo satánico, vive de sorpresa en sorpresa. Carmen está extraviada en sus ideas, en su mesa, en su voz y en sus recuerdos.

Desfila por barrios de palabras violentas. Usa su cuerpo, aunque le griten que Lucía ya no tiene tranquilidad, se la vendió a un hombre. Casi lo tiene todo su puño. Fiel para quemar el miedo que tiene. Olvidada de vientos, fracasos y religiones. Profundamente conmovida, se desliza sola, alimentada de odio, para ocurrir y que ocurra.

Partícipe de un sueño que la entristece, porque ya Lucía y Antonio son fama sin secreto.

Recuerda la sangre, la obsesión y el alba. Todo junto a su patio, a su fuente, con un barquito de papel resistiendo, como resistió Lucía. Todo posible, casi palpable. Así llegan las palabras y las hojas crecen. No olvida al niño que vuela dentro de una cruz y suda cuando lo recuerda.

Necesitada de su oficio, grita por el fantasma de Lucía. Se siente una materia entre papeles y libros. Y aunque le falten abrazos y amigos, va descubriendo el rostro, las manos, el cuerpo y el olor de muerto barato. Antonio el americano, ya es una cicatriz que no coagula.

Con sus hojas apoyadas sobre su entrañable colección de poetas, conquista el final: el niño es una tradición sacro–mágica. En su propia habitación, se decide y escribe el caos. Inmóvil, seria y cercenada, medita, una a una, cada idea, cada imagen, cada personaje.

Enciende un cigarro y comienza gritando, con voz muy alta, el nombre de Lucía. Acaricia las teclas de la máquina y, sin críticos y con música del nuevo siglo, se imagina violada, con cuatro heridas sangrando en su vientre, con un puñetazo en el rostro y un hilillo de sangre, que corre por un barrio ausente de parques, donde Antonio el americano escupe su sexo, para después, esperar por Lucía, que ya paga su tatuaje de oruga. Y que, sin prejuicios y aplastando su destino como la misma oruga, va enseñándolo en parques, discotecas, bares. Pero no pudo seguir, ni pudo amar, ni pudo triunfar, por culpa de una obsesión. Y entre falsos rumores, dicen que escribió: «Antonio el americano es ron de sesenta pesos»...

Al fin, Carmen logra desahogarse, fluye. Inserta una idea, y otra y otra, entonces, las hojas se van llenando de texto. Y donde hoy está su ventana y su sombra, se escucha, muy débilmente, el cuerpo de la oruga, como una canción del nuevo milenio.

Le gritó el nombre de Lucía, cien veces, miles de veces, para que se sintiera culpable, cien veces más y miles de veces más. Después, vino la obsesión, la misma obsesión: «Uchy, Uchy... no seas peculiar», pero no tuvo la suerte de comunicarse y la inquietud lo llevó al peor barrio marginal. No me preguntes si anoche estuve en casa dormido, tampoco qué hacía mi coche en la puerta del bar de El Olvido...

Fue en busca de un debate, alguien que le dijera que el sentimiento también es un ritmo de identidad. Y hablaron de fusión, de conceptos y de Thomas Fuller, pero no encontró la voluntad para no enfurecerse sin remedio. Era un heredado. No preguntes si es que estaba de fiesta con los amigos, que mi respuesta son balas para tu corazón herido...

Y el ruido del cuchillo sobre la piedra de afilar, se sintió suave, como el brillo blanco que antecede a la muerte. Antonio el americano y su pelo crespo y amarillento parecían animales de mar fuera de sus aguas. Lucía esperaba que Dios aniquilara aquella carga de odio y le juró una promesa, si le daba una sola oportunidad de olvido. No preguntes porqué huele mi camiseta a chuly, ni qué ruidos de mujeres se escuchaba cuando me llamaste al móvil...

Pero Antonio el americano fue golpeado y golpeó. La indignidad de su ambición, lo hizo gozar de sus propios castigos, y en aquella habitación en penumbra, con olor a fruto podrido y telarañas, como palabras imperantes, la fue desmenuzando con sus manos toscas y desiguales. Descalzo y casi desnudo, articuló un gruñido, que solo él podía comprender, con la mirada altiva y la frente ceñida por una rama de arrugas, escupió con violencia sobre el cuerpo que ya tenía bocabajo, se sacudió el polvo de la cabeza y, concentrando todas sus fuerzas, arrastró el mismo cuerpo que alguna vez fornicó por dinero, hasta muy cerca del chisporroteo de las velas. Después, sacudiéndose nuevamente el polvo, hizo que el cuerpo quedara tirado en un rincón. Entonces, una baba verdosa comenzó a chorrearle por la nariz, como un anuncio de lamento o como un consuelo bestial, dentro de aquellas velas que atraían solamente a insectos de todo tipo. Que hay tragos que son amargos, hasta los del mejor vino, unos cortos otros largos, pero todos son dañinos...

Después, un gran silencio, donde los insectos giraron más aprisa, alrededor de las velas. Y como confirmando la consistencia airada de Antonio el americano, un cántico fúnebre fue saliendo de su propio pecho, mientras un aullido de semental con miedo se dejó oír por toda la habitación. Las losas del piso, malignamente apacibles, recibieron el cuerpo desmenuzado de la mujer. El rincón dejó de ser su nicho. Durante más de dos horas, Lucía se esclavizó detrás de un biombo gris oscuro. Desde allí, supo cómo Antonio el americano dejaba su semen entre los labios de la mujer y una cruz de palo sobre sus pezones. Pero si me dejas esta noche, yo te doy todos los besos que te debo, ya sé que siempre digo que empiezo a partir de hoy, que luego nunca me atrevo...

Sus ojos vigilantes, como los de una pantera, vieron el mango del cuchillo, pulido por el uso, la hoja de buen acero clavada hasta su empuñadura entre las piernas de la mujer. Después, un silencio y Antonio el americano dejando de ser gavilán peligroso, para ocultar su verdadera esencia en aquel barrio marginal, al que había ido por primera vez, por culpa de una obsesión, que ni ella misma acertaba a comprender. Pero si me dejas, yo te canto un bossa–nova y no te voy a dejar ni un minuto a solas, si te dejas llevar como el mar lleva a las olas, hasta la roca...

Y comenzó cortándose un nervio, después, los cortó todos y fue colocándolos en un plato blanco, junto al zarcillo roto de Lucía. Dijo: «mi sangre no es tan roja como para que Doña Amalia entierre a su ahijado sin la cruz de Monte Oscuro». Después, con el cuerpo como un tallado de comejenes, vino nuevamente la obsesión, «Uchy, Uchy... ya soy un gastado de existir», y, esta vez, tampoco el diapasón de su discurso se había empinado, como para que las nubes advirtieran un nuevo ensayo de muerte y echaran a llover un gran aguacero que lavara aquel escándalo.

Los chulos con el oficio de santos mueren cuando les da la gana, le gritó a Lucía, frente a unos vitrales feministas. Ya para entonces, era una mujer llena de incertidumbres, enferma de no sacarle provecho a la liturgia de su vicio. Y como siempre, volvió a callar, pensando ser una de las tantas mujeres de Humphrey Bogart. Mientras rezaba, se levantó del piso, dejando caer una última lágrima solitaria, ya casi solitaria. Así se prolongó el escándalo, en la esquina de la barriada, hasta percibirse la sensación de un silencio poético con color azul de fondo, entonces, lo escuchó por primera vez: «Uchy,

Uchy... extráñame como Eva». No preguntes porqué huele mi camiseta a chuly, ni qué ruidos de mujeres se escuchaba cuando me llamaste al móvil...

Después, llegaron a su mente garzas, iguanas, sogas, cervezas, golpes... y, así, supo que Antonio el americano dejó de contarle sus billetes, dejó la oruga de su tatuaje a buena distancia de sus cochinas manos. Y dejó al mundo, para encontrarse con los ojos de trueno de Doña Amalia y su cruz de Monte Oscuro, por allá por el cielo. Al pie de su propio altar de chulo con santo gritó: «hasta los gallos se han negado a cantarme el Ave María de mi muerte. Que hay tragos que son amargos, hasta los de mejor vino, unos cortos otros largos, pero todos son dañinos»...

Había abierto demasiado las ventanas de su pasaje interior y nuevamente, aquel barrio marginal con sus bebidas alcohólicas, sus chulos y sus contrabandistas, la traían hasta los dedos gordos y engarrotados de aquel desastre. Ante sus ojos, una aventura desconocida, un momento psicológico y un ambiente sombrío: el primer cadáver de su vida, como una bóveda que desconoce el olor de las flores o como un juego del único milagro. Sin querer aceptar fue aceptando: el odio, el asqueroso odio... y los gritos, los grandes gritos de ¡muérete, hijo mal nacido!, ¡muérete, idiota!, ¡muérete sin entierro, cabrón! No me preguntes si anoche estuve en casa dormido, tampoco qué hacía mi coche en la puerta del bar de El Olvido...

Unos perros que aullaban, más para alejar el hambre que por valentía, vieron el vagón y después, el bulto en el tren, y un poco después, el pago de sesenta pesos. La tarea de organización fue con riesgo, pero Antonio el americano se fue sin entierro, cuando el alba recuperó su silencio de... sin trenes en el andén.

Ya, para entonces, Lucía rezaba nuevamente, pero esta vez con una canción espiritual, para que las cucarachas y las ratas no pisotearan más a la cruz de palo, que, colocada en el suelo, situaba al espíritu del muerto dentro de sus tres brazos horizontales. Después, se bebió aquella agua con olor a muerto, que el guardia de la prisión le daba para aplacar al ritual del Orilé. No preguntes si es que estaba de fiesta con los amigos, que mi respuesta son balas para tu corazón herido... pero Antonio el americano era más fuerte que el secreto oscuro de su ritual, y entraba y salía de la prisión como una novia blanca que va al altar mayor, doscientas o trescientas veces, o las veces que le diera la gana, para dar motivos sentimentales a las siempre fieles últimas palabras del cura de cada pueblo donde se matrimoniaba. Lo oía llegar celebrando a sus mujeres, borracho como el peor olvidado y aburrido de visitar sus casas de prostitutas. Después, escupía círculos de sangre alrededor de toda la cruz de palo, como si fuera un tuberculoso con sonrisa de santo.

Decidida como nunca, Lucía consultó el Orilé, pero solo se escuchaba un desafinado himno religioso de muerte. De sus ojos escapaban murmullos oratorios de santa, que, unidos a las escapadas lágrimas que resbalaban sobre su vestido 551, hacían más desesperante la soledad del miedo. Por eso esa noche, antes de dormirse, no pudo evitar el dolor de su quebrada virginidad y sintiendo repugnancia, vomitó todo su asco de muerto. Provocaba, así, una ansiedad desconocida, para todo el que pudiera verla, pero dónde refugiarse, a quién decirle que cuando llega Antonio el americano ella tiene un apetito sexual como nunca antes. Y que, así, con ese cuerpo tallado de comején y sin preámbulo, les pide a gritos que la posea mientras aprieta lo único fiel que queda en su vida: el crucifijo que cuelga del pecho. Pero si me dejas, yo te canto una bossa–nova y no te voy a dejar ni un minuto a solas, si te dejas llevar como el mar lleva a las olas, hasta la roca...

Soy mujer, grita en su encierro. Y, con frialdad excesiva, llama la atención de todos los guardias, porque su desnudez de oficio prohibido está sin secreto, sin tribunal y sin miedo. Entonces, todos llegan, ante los hierros de la celda, para ver los juegos sexuales de Lucía y los diversos placeres que considera necesario sentir.

Revolcándose como un animal en celo, muerde violentamente, como si entablara una riña de amor y, al mismo tiempo, hala sus cabellos para que su cabeza caiga doblada contra el suelo. Besa y besa... entonces, rabiosa de deseo y cerrando los ojos, vuelve a morderse en diversos sitios, dando muestras de que recibe alguna señal que pone su cuerpo caliente. Y repleta de mordiscos en los senos y en los hombros, se golpea con gran pasión, murmurando continuamente palabras lúbricas que arrullan y excitan a los guardias. Pero si me dejas esta noche, yo te doy todos los besos que te debo, ya sé que siempre digo que empiezo a partir de hoy, que luego nunca me atrevo...

Se frota el espacio entre los senos, con el dorso de la mano, primero despacio, después, cada vez más aceleradamente, aumentando su excitación. Ante este acto apasionado, un guardia practica con ella, a través de los hierros, una unión espontánea que trae como consecuencia que los demás guardias, desprovistos de otro saber que el de penetrar a Lucía, se arrojen unos encima de otros, formando tal confusión, que lo mismo se besan, se abrazan, se golpean... Y casi desnudos y todos ardientes, flaquean acusándose unos a otros, que, entre hierros y empujones, toman el partido de sus adversarios, para colocar en la boca de Lucía, los mandamientos del deseo de ella, en ese momento.

Mientras que Lucía apretaba el crucifijo con sus rezos, ya Antonio el americano tenía formuladas sus conclusiones. Esos escándalos diarios, ya era hora de terminarlos, y entre centenares de intrigas, a falta de otro entretenimiento, volvió a entrar a la prisión, inusitado de grandes espectáculos. Muros derrumbados, brumas místicas, patios y techos ensangrentados, aparecían cada mañana de domingo, cuando las visitas eran constantes.

Algunos guardias fueron buscando sus propias salidas, otros quedaban en los túneles de la cárcel, como mendigos adormilados: desnudos, desmenuzados y con una carta de amor firmada por Lucía. Aparecían como una travesura, después, eran polvos oscuros dentro de un círculo de escupidas ensangrentadas. A casi ninguno pudieron recoger, para darles el tributo de un entierro. No preguntes si es que estaba de fiesta con los amigos, que mi respuesta son balas para tu corazón herido...

Lucía nunca supo nada de lo ocurrido y, ante la gran cruz de tres brazos horizontales, fue llamada a los siete mundos del Orilé. Sus evocaciones de cantos sencillos y rítmicos fueron silenciadas para siempre. El agua sagrada, con perfume de albahaca, fue lo único que se encontró de ella, mientras que un sonido de dedos estallándose bruscamente, se sentía como un sueño más, de un niño que, con rasgos de americano, comenzó a volar como una figura celestial, junto a una mariposa azul dentro de la celda.

Ana de mis amores

Segundo libro

EL SECRETO

Hablando con mi padre, en el portal nocturno,
a veces parecía que se iba a descorrer una terrible tela.

Cintio Vitier

La vio llegar como si todavía la estuviera soñando. Su silueta brotaba, casi irreconocible, del reflejo de los cristales y del ruido ensordecedor de los motores. Su ropa se diluía en el espacio, y su rostro y sus manos parecían flotar. Entonces, sintió un miedo horrible y tuvo ganas de salir huyendo, pero recordó sus palabras, aquellas con las que constantemente le decía: «para sentirme fuerte necesito de tu persona a mi lado». Se antepuso al miedo. Entró al sueño, ahora táctil, racional, de aquel destino, aunque la hubiese transportado a un sitio tan extraño.

Esperaba esa hora como los monjes en fila, con una vela en la mano, entonando oraciones de oficio. Y se preguntaba si alguna vez habría pedido, o al menos deseado, ese destino que la trae a un aeropuerto remoto en los sitios de la geografía. Hasta hoy, sus viajes solo transcurrieron con un dedo sobre la cartulina de los mapas. Por eso, tal vez, nunca iba a despertar por completo de este sueño, que la mantenía ahora con las manos sudadas, tiesa, pétrea, como clavada al suelo, presintiendo una rara sensación, ¿de libertad?, ¿de peligro? Sin amigos ni conocidos que la alumbraran ante aquella confusión de árboles, caminos y pájaros nuevos.

Todo en torno suyo era como recién creado, algo novedoso que le daba el gusto de respirar aire puro, ¿por primera vez? Lejos, muy lejos de palabras equívocas, sitios inseguros, habladurías, desprecios que tanto le atornillaron la mente, quebrantando su fragilidad mediante unos pequeños mareos que, al parecer, nunca más iban a abandonarla. Como tampoco la había abandonado esa zozobra oculta en el fondo de sus ojos. Ni aun ante la nueva llamada de revelación que ahora le brotaba desde lo más hondo, como un parto, anunciándole que debían dejar de temblarle los labios, pues ya no volverían a sentirse culpables de silencio. Así como ella no iba a volver a sentir la vergüenza de admirar, esperar, desear con una insistencia caprichosa, pero mucho mayor y más amarga que el capricho.

Su amargura era un sello y había sido un resguardo. De igual modo, la inusitada atmósfera de aquel lugar –que aún más que miedo le inspiraba respeto– era como un traje de seda, blanco marfil, que la vestía dejándole al desnudo, únicamente, el cuello y los antebrazos aún tostados por el sol de la isla, aquella isla que ya iba hundiéndose en sus sienes, perdiéndose irremediablemente bajo el peso de su secreto.

La primera mirada fue de tanto silencio, que la traspasó. Vino, tímida forzosamente, creyéndose la más condenada al olvido de todas las mujeres, debido al tiempo, quizás, a la lejanía, al tiempo de lejanía. Pero el caso es que estaba allí, bella todavía, un tanto transformada por los afeites y refinamientos que son propios a la experiencia de vivir lejos, en otro mundo. Y, sin embargo, intacta.

Al simple contacto de sus dedos, ya empezó a deshacerse. Después fue su olor, que seguía siendo el mismo, como el de aquellas espigas del campo cuando fueron inocentes dentro de la estrechez isleña. Recordaba la forma en que ese olor le entró, un día, por todos los poros, para disiparle angustias y tristezas sobre aquella sábana verde cubierta de amapolas. Recordaba que así le quedó para siempre en el olfato, parte inmarchitable de su secreto.

Aquella mirada también seguía siendo la misma que guardaba su memoria, desde los lejanos días de la infancia. Solo que ahora mostraba las profundas roderas del invierno, como si los delfines de antiguas fantasías se hubieran quedado en el Caribe, compartiendo el insomnio de tanta ausencia, tanta desesperanza.

Al hablarle, advirtió en sus palabras un acento devoto, religioso diría, como si todos sus deseos se hubiesen concentrado en una vida de amor a la verdad. Lejanas ya, desalojadas, sintió aquellas frases extravagantes y atrevidas que solía usar, a manera de sables, contra la opinión imperante en la isla. No obstante, le gustó escucharla, feliz con la ilusión de quien escucha, por más sutilmente que fuera pronunciada, la confirmación de un amor inmune al tiempo, a la distancia, que no aparece explícito en palabras, sino en el recuento rutinario de todo por lo que había pasado en busca de consuelos, de remedios para el dolor de sentirla evaporada, exactamente igual que el espíritu de ciertos perfumes que nunca había dejado de buscar, inútilmente, en todos los mercados del mundo.

Por vez primera sintió cohibición. Necesitaba dar escape a su sangre, a sus nervios, a todas sus ganas. Pero algo le frenaba, algo extraño, mas no desagradable, en absoluto, le desbocaba los ímpetus y al mismo tiempo le imponía un pare ante el abrazo de su primer amor. ¿Era miedo, acaso, del reencuentro con la inocencia perdida? ¿Es que aceptaba como cierta, a ultranza, la afirmación de que todo cuanto se pierde en la inocencia jamás podrá ser recuperado?

Muy pronto sabría qué no, que la edad de la ilusión puede ser cualquiera, que no discurre solamente en los años de juventud. También ha sabido que no voló hasta aquel lugar extraño, solo por un impulso de sensual aberración, ni de pasión siquiera, sino por ternura. La misma ternura que depositó Dios en la primera mujer, quizás para que Adán tuviera un anticipo de su condición mortal. Similar anticipo encontraría en aquel paraíso llamado sorpresa, recuperación de lo vivido, que le había llegado casi sin darse cuenta, mediante la contemplación gozosa, sin miedo al fin, sin aquel miedo que en la isla le exprimían encima a toda hora, por ser marginales, para todos, ante todo.

Las aventuras soñadas las fue fundiendo con las reales, hasta que sintió aquel impulso irrefrenable de romper el molde. Y con el molde quedaron rotos su timidez provinciana, sus ligeros sustos, sus dudas. Así pues, como en los buenos malos tiempos, le sostuvo la mirada y dio riendas al jadeo perturbador que tan bien conocían desde siempre.

Ya no necesitaba, no necesitaría nunca encontrar sitios para el reposo, ni conocer la tierra que pisaba, porque aquellos ojos y aquellas palabras eran su destino, la patria de la cual nadie pudo despojarla.

Volvió a sentir su aroma. Era el aliento inconfundible de la libertad que le rozaba las mejillas en un aeropuerto de Madrid. Volvió a saberse emancipada entre sus brazos, sin lecciones de falsa moralina, sin enjuiciamientos, sin condenas. Por fin, podía reconocerse a sí misma en la simple dimensión de lo humano, sintiendo como su frágil cuerpo de mujer frágil se estrujaba contra aquel otro cuerpo todavía espléndido de mujer espléndida, a la luz del sol, frente a tanta mirada indiferente. Y mientras, la isla terminaría de hundirse para siempre en sus sienes, borrada en los contornos de un secreto a voces.

LA ÚLTIMA TENTACIÓN DE MARIANA

Quién puede saber hacia dónde viaja un pájaro...
Miguel Collazo

Un teléfono puede sonar y despertarte en la madrugada. Un teléfono que te han instalado recientemente y ya te mortifica. Como te mortifica el cáncer, la mentira, el sida. Y también puede ocurrir que, a esa misma hora, otro teléfono suene en otra casa y pregunten por Mariana. Pero Mariana no está. Nunca estuvo. O puede suceder que Mariana eres tú, que has huido del cáncer, la mentira, el sida. Y comiences a llenarte de errores y fantasmas. De fracasos y mierdas. En fin, que tienes que levantarte y atender el teléfono para escuchar la voz de Roberto preguntándote si ya olvidaste la traición, el miedo. Puede ocurrir que le cuelgues porque Roberto es un autor de condolencias. Pero no. No le cuelgas. También puede ocurrir que los ruidos, la oscuridad y la desgracia te afecten demasiado. O puede que te obsesione el susurro de tus fracasos, el de las nulas probabilidades. En fin, Mariana, que eres pasto de la tentación. Estás inmersa en el tiempo. Con los oídos llenos de amor y música. Deseando amanecer y oscurecer entre un diálogo de peces. Esperando que tu patio se llene de rocío fresco. Si vas a colgar, Mariana, no olvides asomarte a la noche. O fumarte un cigarro con lágrimas en los ojos. Roberto te reserva grandes abrazos y pequeñas ambiciones. Si acaso es muy de madrugada y tienes sueño, entonces, permanece un rato ante el espejo. Eso te quitará la ausencia. Pero no le cuelgues a Roberto. Que tu vanidad no te vuelva vana del todo. Prepárate y tiende una trampa. Abusa de tus debilidades. Aspira. No hay mejor desayuno que imaginar una caricia. Inventa algo que te dé fuerzas para amanecer bajo sus hombros. Algo que te haga ver que el teléfono es tan útil como Roberto, cuando quiere ser útil. Pero no te hagas de rogar. Conserva el dominio. Aprieta tu pecho diciendo: «colocaré en mi cama la mano que disca el teléfono». En una noche pueden ocurrir muchas cosas y hasta puedes olvidar la mentira, el cáncer, el sida. Tal vez no grites, no gimas. No huyas como otras veces. Quizás, hoy mismo, recorras el gran trecho que te separa de la fantasía sin magia de Roberto. Eso es, Mariana, si tú quieres, si tú lo apruebas, Roberto desciende de tus misterios. No desaproveches la oportunidad, mucho menos ahora que tienes teléfono. Quizás sientas que todo lo desaparecido se reúne en torno tuyo. Y vuelvas a ver tu montaña, tus hojas, tu follaje... Vuela y colócate delante de los suspiros más remotos. Estás viva. Olvida de una vez la tuberculosis, la rabia, la trombosis, los virus... el odio. Eso sí, Mariana, no te desesperes. Si decides no colgar, porque todavía Roberto está al habla, mira primero tus ropas. Acicálate bien y aspira profundo. No dejes que Roberto trasponga el umbral de tu puerta hallando derrota a cada paso. Es mejor que estés bien dispuesta. Entonces, puede suceder, Mariana, que seas la mujer universal. La mujer que es hija y madre de la tierra. Y que te dejes, de una bendita vez, de irrigar contraseñas indescifrables. Pero también, Mariana, puede ocurrir la mayor simpleza, o sea, que tú ya no existas, o que nunca hayas existido, y que Roberto aún hoy te esté buscando.

ESTA ABUELA MÍA

Esta abuela mía me trae medio loca, no me deja escribir ni hablar con nadie. Se pasa el santo día diciendo cosas que no tienen son ni ton. A todo tren, así me trae.

A veces me parece que abuela está cobrándome todo lo que le debo, por haber tenido que criarme ella sola. Pero después dejo de pensar en esas cosas, porque ella me quiere mucho. Lo que sucede es que está vieja. Y coge *matraquilla* conmigo, al punto que no me deja ni respirar.

Lizette me dio una buena idea para soltar amarras cuando esté con estos ataques de malcriadeces que me dan, según mi abuela. Me dijo que escribiera un diario. Así que no me va a quedar más remedio que dejar mis poesías a un lado y dar constancia de mi vida en un maldito papel. Esta noche voy a encerrarme en el cuarto y comenzaré a escribir un poco, como si hubiera nacido hoy mismo.

6 de marzo. Amanecí abriendo las persianas y lo primero que veo es al vecino todo desnudo, parecía un hermoso elefante rosado y grande, con unos cuantos vellos esparcidos por el pecho. Qué ganas de reír me dieron, pero no lo hice porque abuela puede pensar que estoy loca.

7 de marzo. Hoy es viernes y llegaron dos cartas, dicen que los viernes las cartas traen buenas noticias, pero los lunes son una catástrofe. Las que me llegaron no eran gran cosa, aunque sin malas noticias.

—Mañana voy a recoger los análisis que te hicieron ayer en el policlínico, no me dejes la llave de la casa fuera de su sitio. Abuela, ¿me entendiste?

—Delita, deja eso para el lunes, porque mañana es sábado y seguro que el laboratorio no trabaja. Además, yo no tengo nada, esto es solo un catarro de viejos…

8 de marzo. En honor al Día de la Mujer, hice el amor con Willie, por primera vez. Me gustó, fue muy halagador. Hacer el amor es tan bueno como tomar bebida, pero ninguno de los dos me nutre. 9 de marzo. Le escribí un poema a Rafael, bien gay, para que no me moleste más con mis pinturas de uñas. 10 de marzo. Hoy toqué una estatuilla de barro y se puso blanca y emitió sonidos. Me asusté cantidad, nunca antes me había sucedido. Dice mi abuela que eso es clarividencia. 11 de marzo. No tengo deseos de escribir porque no hay grandes acontecimientos.

Total, que no he ganado nada con esto del diario, al contrario. Parece que me ahogo más, porque siento tremendos deseos de decirle a abuela todo lo que hago cuando estoy tan callada. Pero ni loca, me mata o se me muere al leerlo. Me cree tan inocente, que a veces me da lástima hacer lo que hago, a sus espaldas, por supuesto.

Menos mal que ahora está más entretenida con ese trabajito que se buscó, remendarle las ropas al vecino. La tengo medio trastornada diciéndole que al final no se lo hará por dinero, sino por matrimonio. Se pone blanca como cal, reza quince avemarías y dice que al santo de Felipe, ella no lo traicionará nunca. Yo miro para la foto de abuelo, siempre con sus flores, pensando que abuela quedó viuda muy joven para comer tanta cáscara.

Ayer la vi cuando le entregaba la ropa a Francisco y este le regalaba unos aguacates. Llegó más contenta y jaranera que nunca, ni siquiera peleó porque se me había botado un cubo de agua en la sala. Está más que zalamera. Ojalá yo estuviera equivocada, porque amanecer todos los días con ese elefante rosado mirándole a una las rodillas, me pondrá de mal humor. Él no me cae nada bien.

12 de marzo. Encontré a Francisco con su guitarra tocando una canción para abuela, y a esta haciéndole café. Tendré que dejar la casa por luna de miel…

13 de marzo. Soñé que me regalaron un cangrejo a cambio de hacerme el amor y que este hablaba y hablaba una jerga nunca antes escuchada. Después, caminaba toda la casa detrás de mí.

14 de marzo. Martha me prestó un vestido, me dijo que me quedaba muy *sexy* y que en la fiesta rompería el récord.

15 de marzo. Ya estoy asqueada de tanto Francisco y Francisco, con sus poemitas de José Ángel Buesa. Abuela es muy sata, ¡le aguanta cada descarga!

16 de marzo. Hoy no sé ni qué pasó...

17 de marzo. Alguien me preguntó si yo me masturbaba. Me eché a reír porque nunca nadie me había propuesto hacerme el amor con ese tipo de introducción.

18 de marzo. Tengo deseos de saber de Mara, pero no tengo tiempo ni para llamarla. Además, ella también lo puede hacer.

–Abuela, ayer te vi con el feísimo de Francisco, dando saltitos en el Círculo de Abuelos.

–Delita, deja esos jueguitos, mi hijita, y respétame.

Yo creía que se iba a enfurecer cuando le dije que iba para la playa con Willie, pero no dijo nada. Siguió tarareando un bolero del Benny Moré, como si yo no existiera en el planeta. Esto me huele mal, malísimo. Mi abuela es insoportable conmigo, pelea por todo. Pero y ahora...

Esta abuela mía, o ya está esclerótica o se le subieron los versos de Buesa para el corazón. Ya no camina arrastrando los pies, ahora hasta baila y siempre anda apurada por terminar la comida temprano, para que Francisco nos haga la visita y vea la telenovela con nosotras.

Hum... esto está que arde, porque le dije que me iba para la casa de mi tía si se casaba con el elefante rosado. ¡Ay, cómo peleó!, pero no porque me iría, sino porque le puse un nombretico a Francisco.

19 marzo. Encontré a abuela agarrándose las manos con Francisco. Ella se ruborizó porque el elefante tenía la trompa inflada, parece que todavía le sirve para algo.

20 de marzo. Me estoy leyendo un libro de Ena Lucía Portela que es una propuesta de asesinato literario.

21 de marzo. Anoche hice el amor con una muchacha, no me fue mal, pero sí fue una sorpresa. Nunca lo había hecho.

22 de marzo. Tengo tremendo sueño y Francisco sigue atascado en su silla, le estoy cogiendo una mala y una buena voluntad. Buena porque estoy sin las riendas de mi abuela y mala porque es un elefante pedantón.

23 de marzo. No tengo deseos de escribir, estoy obstinada.
24 de marzo. Me he pasado el día leyendo algunos poemas de Antonio Machado y de otro más, Luis Cernuda es su nombre. Ojalá Francisco me contratara, yo le iba a enseñar lo que es poesía.
25 de marzo. Mañana será el cumpleaños de Luisa, debo pasarle un mensaje. Cómo me gusta, pero no me atrevo a demostrárselo. Mi abuela está tan contenta que se compró un vestido nuevo, después de no sé qué *bola* de años. Dice que es para estrenarlo el día de mi graduación. Pero me da la sospecha que, por primera vez en la vida, me está mintiendo. Ayer la encontré buscando el certificado de defunción de abuelo Felipe. Esta abuela mía me está ocultando algo. Todo me lo está dejando para un gran final.

Tengo que ir por la casa de Lizette a contarle todo lo nuevo que está pasando por acá. Después de ella, que se enteren los demás cuando los vean en el registro civil, porque este asunto de abuela y el rosado de Felipe termina allí.

26 de marzo. Mi hermana llamó y empecé a llorar contándole lo que abuela está haciendo. Ella me colgó, pero no antes de llamarme loca.

27 de marzo. Si Lizette algún día lee mi diario, el que ella misma me aconsejó escribir, se va a morir de horror porque también me cree la más ingenua de todas las ingenuas.

28 de marzo. La muchacha me llamó para ver si quería salir con ella otra vez, le dije que lo pensaría.

29 de marzo. Mi abuela ya no me recrimina y esto me duele, porque sé que está pensando en otra cosa y no en mí, que soy su niña querida.

30 de marzo. Por primera vez en la vida me han vestido después de hacer el amor, fue algo excepcional porque todos saben desnudar, pero vestir… Solo la muchacha.

31 de marzo. Me he pasado el día llorando porque esta abuela mía se casó con el elefante rosado de Francisco. Me vieron la cara muy triste y, para alegrarme, me regalaron la casa de abuela porque ella se irá a vivir con él. ¡Peor que peor!

1ro de febrero. Según Roque Dalton:
Y, olvídate,

el poeta jamás te comprará collares:
te romperá muchas medias, eso sí,
te obligará a gastar la ropa que menos te gusta
y hasta te insultará y te golpeará
y te obligará luego a ayudarlo
con el remordimiento.

CLOSE UP

Para José Ramón, exótico ejemplar de familia

Coloca la cámara en el trípode. La inclina buscando que su lente caiga perpendicularmente sobre el cuerpo. Busca el espacio, el aliento. Se desahoga exhalando peligro por sus poros. La música y su escenografía. Se desnuda mirando con desenfado y malicia hacia la cámara. Baila ondulando sus caderas, se enlaza los senos con las manos. Hace un alto. Suspira. Conversa con su cuerpo, se lo acaricia. Saca la lengua y la suaviza sobre sus labios. Danza nuevamente muy suave, con las manos entretejiendo el Monte de Venus. Jadea. Los ojos viscosos, los senos erectos. Especula. Crea mitos.

Con gesto gatuno se sienta sobre una banqueta y abre las piernas desmesuradamente. La cámara sigue todos sus movimientos, como con obligada condición. Logra el real objetivo. Las piernas quedan abiertas. Enciende un tabaco y exhala el humo, lo dispara hacia la cámara.

Retadora, pega su encendido tabaco al bajo vientre. Grita. Convulsiona. Se repliega. Luego, aproxima una vez más el tabaco. Abre con la yema de los dedos la vaina húmeda. Coloca adentro, bien adentro, la porción seca del tabaco. Pulsa el vientre, se lo aprieta. Y un modelo platónico se dibuja en la cámara. El humo del tabaco sobresale como una erección entre sus muslos.

Echa hacia atrás su cuerpo. Se agita, convulsiona. Vuelve a pasar la lengua por la comisura sedienta de sus labios. Gime. Se examina con caricias sus pezones. No se reprime. Hace que su cuerpo gire y friccione movimientos con el tabaco, que bien dentro se conserva responsable de su acto.

Se mira, sonrojada. Sin vacilación, su lengua alcanza la psicosis que expulsan sus pezones. Saliva, gimoteos.

Recoge una cadena y la frota. Se envuelve en ella, como acariciándola. Introduce cada pezón en los eslabones de la cadena. Sobresalto. Deliro.

El poder, la posesión y la cámara. La duda placentera, el deseo, el refugio. Avanza por primera vez, ofreciéndose. Cede parte de su delirio. No valora el carácter imprudente y erótico del lente. Es capaz. Paso a paso, sin locuras hacia la locura. Apta para ensimismarse. No se permite descanso. El resultado no puede ser más que representación de un delirio.

La cámara y su eterno retorno. Madre doblemente nacida. Debatiéndose en el misterio. Ansia de las cosas vistas.

Para excederse en su triunfo, desciende y se adhiere a las entrepiernas cínicas que la seducen. Manera ociosa de mentir. Pujanza que inspira más viva que la vida misma. Ofuscación acompañada de melancolía. Desbordamiento. Hambruna. Avanza. Se puebla de visiones. De olores.

Cruza la cavidad del humo del tabaco. Moldea la medida de la cadena. Estructura la lengua sublevada. Abarca la raza del monte. Eclipsa el seno. La cámara separada. Ahora próxima. Con un solo propósito: redondear su ser.

Con seducción separa: ombligo, senos, pubis... Concluye esclava, hereje. Cónyuge sin control.

Desprende la cadena de su cuerpo y ata con fuerza la cámara en su vientre. Una lengua lame el ojo que escribe sobre su ombligo: perjurio. Las manos revolotean imponiendo transformación, intercambio. Riesgo.

Entre razón y sinrazón, dos cuerpos se agitan, se afectan. Se apasionan. Y obsesionados, como nunca, se empañan con el acople.

TOMA CAFÉ CONMIGO

...sería como si vinieran unos extraños y destruyeran el templo.
F. Mond

Cada vez que voy a su casa, recuerdo aquella época romántica cuando la vieja se sentaba delante de los novios, haciéndose la que tejía calcetines para niños. Por cierto, si hoy en día se le ocurre a alguien ponerle ese tipo de calcetines a un niño, aunque su tamaño no exceda los treinta centímetros, sería capaz de cortarse los pies a mordidas con sus tiernas encías.

Pero a lo que íbamos: hace mucho que la vieja se percató de que su hija está perdidamente enamorada de mí. Y para la vieja, digo yo, el matrimonio es el empleo más tentador del mundo. Claro, si su hija no estuviera ya casada y si yo no fuera lo que soy.

Para infundir mayor respeto, la pobre vieja, pretextando escuchar mis sandeces —porque, según ella, la divierten—, se sienta como un habitante limítrofe entre N y yo. Permanece en su tribuna y escucha desde las barbaridades que cuento, casi todas inventadas, hasta mi propuesta de canonizar a este pueblo, que bien se lo merece por los tantos y tantos desengaños que ha recibido. Eso sí que no lo invento.

En lugar de moverse, quizás para colar un café, es N quien tiene que dejarme como un árbol mal formado frente a ella, para irse a calentar la cafetera. E igualita que la cafetera, me voy poniendo yo, a la vez que comienzo con ese sube al cielo y baja al suelo de la mirada, para que la pobre vieja crea que tengo un ataque de locura y no le dé por preguntarme si N estuvo en mi casa, o si hace mucho que no la veía, o que si yo creo esto o aquello, por supuesto, todo relacionado con su hija.

A galope regresa mi N con sus tazas de café humeante. Y pobre de ella si la primera es para mí. A la sencilla vieja —que de sencilla solo tiene el carapacho– después de agarrar una terrible cólera, le suben pucheros, se ahoga, grita… hay que sacudirla, echarle aire, y que no sea yo quien se lo eche, tiene que ser N. Todo es para que la hija enfile su temblorosa atención sobre ella y le diga que no es nada, que resulta normal ahogarse así… Los ojos de la vieja hierven como el café, los deja como estampa de la desesperación sobre los melancólicos ojos de su hija, la cual, más obediente que nunca, vuelve a sentarse a mi lado con su *short* de medio centímetro.

N no puede, o tal vez no quiere, remediar que en su casa se practiquen las antiguas tradiciones. Sufre, pero admite la imposibilidad de atreverse a decir ni ¡ay! acerca de lo que trae por adentro. Yo sí lo digo. Y además, si me jeringan mucho lo grito y lo demuestro, porque para tener pasiones miserables no he nacido ni vivo ni viviré. No se me da bien eso de disfrazar una verdad. Hay quien dice que las verdades amargan. Que se amargue la vieja, en todo caso, pues en lo que a mí respecta, le hago a N mi monumento, ya que en verdad está para comérsela.

No hay corte que no sea victoriosa, esté presente o no la vieja, con calcetines o sin ellos. N está de parto conmigo. Sus dolores del alma son más que parecidos a los pujos belicosos del día en que le nació su hijo. Entonces, ni siquiera soñaba con la maravilla de conocer a alguien como yo, que de pronto parezco un fraile, después un demonio, un duende y hasta un animal, una fiera en pleno burbujeo sexual. Yo, que desde siempre he mostrado el arte de tocar las castañuelas en este pueblo provinciano y oscuro. Y si de tocarlas se trata, más vale tocarlas bien. Además, ¿cómo esperan que resista los temerarios antojos de N en un espacio tan asfixiante, tan estrecho y ruin, y pachorrudo? N es un oasis en este desierto. Entonces, a ver, ¿cómo lo esperan? Si los perdones me aburren, las reflexiones me dejan en Babia —y eso que apenas las practico— y los sueños terminan con las primeras luces. ¿Qué hago yo en este bárratro, si no me dedico a tocar las castañuelas?

Si a la vieja le tengo que oler su cama, se la huelo. Si le vuelven otra vez los pucheros, le doy mi pecho de almohada. Si se sienta a tejer sus calcetines, le sujeto la madeja. El caso es que pueda ir todos los días a su casa. El caso es ver a N de cerca, encenderle el cigarro, hablarle con mi lengua bien arrimadita a sus labios, pegarle el oído a los suyos para que me cuente secretos. Y que Dios nos coja confesadas. Quién dijo que, porque una reciba ataques, se va a replegar, ¡eso nunca! Y mucho menos cuando N tiene el *short* aglomerado entre sus piernas. Dejaré de ser Iván el Terrible y tomaré el oficio de esa vieja lamedora de fondillos: la voy a atacar con todos mis hierros, no le voy a dar tregua. Y si es verdad, como dicen, que lo mío es exorcismo, pues que reviente la pólvora de una vez. No voy a rendirme antes de que N alcance toda la dicha que se merece. Y yo con ella. De momento, lo que más me apremia es importunarla, no dejarla quieta ni un segundo, describirle síntomas de desconsuelo, padecimientos que terminan como tragedias griegas. Que mi adoración sea un ataque a mansalva: ¡Venganza! ¡Truenos gordos! ¡Astillas de tal palo!

Para este tipo de asedio, la constancia es lo fundamental. No iré una vez a la semana a su casa, ahora iré todos los días y a cualquier hora. Y no voy a evitar las consecuencias de ningún desastre que haya ocasionado o pueda ocasionar. O la vieja se aburre de tejer calcetines o yo con mi calma espantosa, que no es calma, sino vehemencia astuta, le confieso que me gusta su hija y que a su hija le gusto yo.

N se inquieta por el tipo de tratamiento que le doy al asunto. Dice que no me precipite, que aguante un poco más la bomba, que avance con tacto. Pero qué tacto se puede tener delante de esos senos que me hacen apoyar la frente en el palmo de la mano para no desmayarme cuando me apuntan, amenazantes, como lanzas. Quién puede conservar el juicio sano después de levantar la cabeza —inclinada a la fuerza, cual mula de carretón, para que la vieja no me descubra— y tropezar con dos ojos negros que parecen campanas a vuelo pidiendo limosnas como los santos pastores. ¡A la mierda la vieja con todo lo viejo!

Así que, aunque el terreno es vedado, me las arreglo para contemplar de soslayo a N, supremo antojo, vigilando a la vieja, que teje y no teje sus dichosos calcetines. También me dedico a cazar cada uno de sus mínimos descuidos, para entregarle a mi N cartas, recados, citas... No hay nada de lo que valga la pena ocuparse, que no esté lleno de peligro, le he dicho a N. Yo disfruto con el peligro de tentar a N. Me inspira saber que se recrea leyendo mis cartas, que siente en su espalda acalorada el agua fresca de mis palabras cuando le escribo que no hay nada para mí tan deseable como bañarla con las ardientes técnicas de erotismo que aprendí de mis antepasados.

La vieja está ya que se encoge de hombros cuando yo llego. Y hasta hay momentos en que se marcha. La tengo harta. En ello se concentra toda mi práctica de venganza: truenos gordos, astillas de palo... Solo que, a veces, la vieja parece añorar sus tradiciones, entonces vuelve a la carga. Y esos son justamente los mejores momentos, porque siempre a la maldita vieja se le vira otra vez la cafetera y vuelve a soltar esos chorros de café ahora sobre mis piernas, como para verme convertida en su otro instrumento dócil, para oírme decir que no es nada, que eso le pasa a cualquiera, que es normal. Pero con mucho gusto se lo digo, porque mientras hablo, voy fingiendo limpiarme la mancha de café, con estas manos que Dios me dio para que rompan el cerco vedado, sobando los muslos calientes que tiene N pegados a mi cuerpo, acariciándola, poniendo en tensión toda la técnica de mis ancestros, hasta lograr que también ella vierta su néctar, temblorosa y desbordada.

DE BARES Y CANTINAS

No debiera contarlo, pero a veces es bueno sacarse cosas del alma: obsesiones, sueños. Aunque se hagan los agraviados y sigan diciendo: «no debió, no está bien, ella no debió...». El deber para ustedes es deber para mí, pero no hay nada más angustioso que vivir entre cuatro paredes, escondiendo estos deseos que tengo de huir de mi cuerpo, para enfrentarme al viento de la noche, para encontrar brebajes de misterio que me endulcen la garganta.

Y una noche lo hago. Como no le importo a nadie, el riesgo es mío. Y si quieren blasfemar, blasfemen. De todas formas, no tengo que doblar muchas esquinas para llegar adonde me llevan mis obcecaciones. El cuerpo me lo pide y no puedo negárselo. El deseo de mi cuerpo es que le compren alegría. Sí, no me miren con esos ojos. Cualquiera se aferra a sus deseos. Gusto al gusto.

Así que aquella noche decidí salir con mi vestido negro escarlata. Di el primer paso, sin que me importara que dijesen que yo era una puta. Si estás buenísima, joven y sola, y si además, te sientas en una cantina, sola, joven, buenísima, puedes muy bien parecer una puta. Y mi plan era parecerlo. Es un defecto, espero que lo entiendan. Además, estoy densa, siempre me pongo así cuando me da por contar mis arrebatos.

Los de la cantina se hubieran reído mucho si supieran que este vestido, que estas medias pegadas contra mis muslos... y que estos veinte años de viudez, no son de una mujer alegre. Y si hubieran sabido que estaba sola, completamente sola en aquella cantina y en el universo, tal vez no se hubieran intercambiado esas sonrisitas perversas, esos pensamientos lujuriosos. Pero yo había alcanzado, no sin dificultades, el estado en el que me resultaba totalmente indiferente ser o parecer una puta.

Arremetí contra el trago sin hielo, una, dos, tres veces. Me desconcertaba un tanto mi propia imagen. Qué mala parecía. Pero me sentí bien, lo aseguro. Solo que el efecto del alcohol me empujaba a distorsionar el presente.

Ya había comenzado a llegar mucho público a la cantina. Y yo seguía viuda, temperamental y astuta. Sentada en mi banqueta, dispuesta a pagar otro y otro trago. En pos de mis ojos, muchos ojos; sobre mi risa, risas; en procura de mi voz, voces. Y para completar, la algarabía de los músicos.

Seguía allí con el vestido negro escarlata, sin más compañía que los ojos sedientos de los bebedores. Y con la misma tendencia al aislamiento. Buscando, con mi carga de soledad, un sacudión de las entrañas, un tropiezo, algo que indefectiblemente me hiciera despegarme de mí misma.

La penumbra de esta cantina, el improvisado caos de estos músicos, de estos hombres, de estas mujeres, me hace extinta de los espíritus puros. Estoy en un mundo improvisado. Socarrona, diría, con asombrosa sonrisa infantil. No los culpo, estoy en la cantina y no por un romántico desarreglo. Estoy cazando…

En la casa estaba deprimida. Así que me apetece quedarme aquí y no precisamente enfundada en mis vestidos grises del día a día. Al menos, en esta cantina me acompañan las miradas de los bebedores, esos ojos que no cesan de dispararme el fuego de pensamientos malos, muy malos, o buenos, muy buenos, solo el Diablo lo sabe. Quizás hubiera sido mejor no contarles nada, pero tiendo a destapar mi vida, me alebresto, siento picazón y entonces, no sé qué hacer con todo lo que tengo adentro.

Ahora cruzo una pierna sobre otra y la banqueta donde estoy sentada parece quedar más desnuda que yo. Otra vez el mismo comentario. Es aquel tipo alto, trigueño, con un traje deportivo. Impecable, cargado de sí mismo y respira atracción por todos sus poros, pero para sí. Ya lo imagino, lo presiento, lo veo erotizarse con mi traje negro escarlata, entallado solo a tres dedos de mi ingle.

Observo y me observa. Quizás debiera aprovechar esta oportunidad para irle encima, sin más protocolo, y meterle los dedos hasta las vísceras, a ver si expulso así esta hambre de sexo que me abrasa.

Vista general, un sitio en la barra de la cantina: mi sitio y el suyo, el del trigueño alto. Centro del mundo, invadido por mi tratado de ser lista. Vuelvo una y otra vez a sus músculos, inspirada. Quizás me desconcentro un poco, pero convencida de mi papel de viuda, espero la pregunta: «¿qué haces tan sola?». Y yo: «¿qué haces tú también tan solo, tan guapo, tan masculino?». Yo y el clímax de sí puedo, o no puedo. Actúo. Me aliso el cabello, unto carmín en mis labios. Actitud estetizante (sí se me permite). Él, hermoso, dispuesto… «así que la viuda ardiente se toma unas copas… vaya, ¡qué primor!». Mira, tengo ganas de que bebamos. Estas buenísima, estás sola. Yo también. Entonces, a pasarla bien.

Estupendo. Mirada general otra vez. Y yo, ¿de qué tengo ganas? Sigo actuando, pero mi vestido dice que yo tengo ganas de todo. Oíste bien, loca: de todo. Eso dice. Ojos de fiera, sudor en la frente, en el vientre y en la espalda, movimiento, jadeo, copas rotas… Suspenso en la cantina. Música y una mano en mi muslo, por arriba de la medida, intencional. Acerté. Lo suyo y lo mío es cosa hecha. Culto, limpio, alto, pelo negro, sonrisa nerviosa, ojos vigilantes. Y entre todo este desmadre, yo, a la deriva, pero con ubicación precisa, entre maullidos llorosos. Yo, borracha y con bríos de gata en celo.

¿Se dan cuenta? Todo funcionó estupendamente, nada me fue vedado. Orgasmos continuos, sudorosos y plenos. Y yo con el maquillaje corrido hasta la planta de los pies. Espero que comprendan y sepan perdonar. Estaba borracha. Pero mantendré mi identidad. Lo intento al menos. Trato de intentarlo.

Voy al baño, me refresco. Luego, contemplo mi imagen en el espejo: rubia, vestido negro escarlata bien entallado, provocador, *sexy*. Vista general: una puta impetuosa, sorprendentemente creíble. Otra mirada a la cantina. Arden mis párpados, mis senos, mis piernas. Y vuelvo a ver al tipo junto a mí, hacia mí, detrás de mí, dentro de mí, sobre mí, debajo de mí, tumbado entre mis muslos… Mi organismo está vivo, borracho, pero vivo. Una nueva mirada a la cantina: distorsión. Mojo mis labios tenuemente alcohólicos. Me devuelvo a mí misma, a quererme, a cuidarme.

Dirán que únicamente a mí se me ocurre salir sola de noche a una cantina. Pero es que enviudar a los veinte es algo que te encharca los sesos. Además, estoy ebria, ebria de soledad. Esta casa me ahoga. Desde el armario, mi vestido negro escarlata me mira con deseos idénticos a los míos. Mi cuerpo, en tanto, sigue cubierto de gris, con el desgano de todos los días, de todas las noches. Mi boca es un aguijón para los gritos que a nadie hincan. Y aquel tipo trigueño, la idea, la ilusión, la necesidad de aquel tipo trigueño es como un animal que me acecha, me repta, me babea, me inunda.

Sé que no debiera contarlo. Tendrán que perdonarme. Pero, a ver, díganme ustedes mismos: ¿qué otra cosa le queda a una viuda, sola y conservadora, hundida entre las heces de un pueblito mojigato, sino ocupar sus noches inventándose las mil y una maravillas?

ANA DE MIS AMORES

Quizás para mi acuarela volante, Muriel

Maldito demonio, nuevamente acaba de infligirme. Me arrodillo y rezo, pero tengo huellas de sus garras. Salto en el suelo, rasgo mis ropas. No puedo dormir, busco el camino del perdón y tampoco lo encuentro. Grito horriblemente, noches enteras, hablo en lenguas desconocidas. Soy pugnaz, con expresión de descaro me muerdo los dientes para abrir los ojos. Una excitación diabólica acompasa mis reflejos cuando caigo agitando las manos, maldiciendo a todos a la vez. Después, quedo agazapada con las pupilas inmóviles...

Ana camina lentamente, quizás duda como los demás. Le cuento mi estado anímico y trato, así, de desprenderme del demonio que me posee. Arquea las cejas y me mira, dispuesta a discutir. Ahora mi espíritu está apaciguado y converso con serenidad, buscando que se interese en mis gestos, en mi habla, en mi persona.

Con sus faldas amplias, sus tacones excesivos y su bata blanca, me refleja un Satanás aséptico y no una psiquiatra. Pero ella es la única que habla de mi demonio, a la par conmigo. Los demás nunca me han creído. Por eso la llamo, a escondidas, «Ana de mis amores».

Una noche, en las de tanta vigilia, el demonio salió de mi cuerpo y su lengua espinosa friccionó mi clítoris mientras que con las manos hacía nudillos en mis pezones. Grité y grité hasta que caí desmadejada, cuando desperté, estaba desnuda sobre una estera con siete velas encendidas. Abrí los ojos con mucho miedo, una mujer aprisionaba entre sus manos un crucifijo y oraba una plegaria rara.

Comencé a temblar, la sangre se subió a mi cabeza, y convulsa, como una loca, me levanté de la estera para caer al suelo nuevamente. Otra vez, mi expresión denotaba rabia y un sudor con olor a nuez salía de mi cuerpo.

La mujer sintió los efectos del demonio. Se arrodilló ante mí y comenzó a bañarme con agua bendita, rezando en una lengua de sibila una oración que me recompuso. Así creyó que había logrado exorcizarme.

Ana, con sus faldas amplias se remueve en el asiento, tomando un sorbo de agua y escudriñándome, me toma el pulso, me dicta unas frases y luego, me formula varias preguntas. Con sosiego y delicadeza, toma mis manos y alisa mis cabellos. Ana desea calmarme, no quiere verme en crisis dentro de su consulta. Me lee un poema y otro y otro, hasta que me quedo dormida.

Desperté tranquila. Ella no se había movido de su sitio. Me estiré cuanto pude y sintiendo el silencio, comencé a hablar de la soledad, de la infidelidad: «Ana, la soledad es un animal que ruge como si nunca lo alimentaran. Es un espectáculo descompuesto que mantiene al cuerpo en martirio».

Ana se turba esbozando una sonrisa. Después, cruza una pierna sobre otra, esperando mi nuevo discurso. Pretende llevar a buen fin su relación paciente–doctor, pero hoy, menos que nunca, tiene rostro de psiquiatra.

Deseaba conversar, pero sentí que su respiración estaba muy agitada, y sin mucho reflexionar se tendió a mi lado. Ana estaba extraña. Fue hacia mi oído y me dijo con voz muy queda: «los cantos gregorianos son una súbita panacea para eludir la locura».

—Ana, la soledad es un desequilibrio, como lo es la infidelidad. Son gérmenes parecidos.

Una inocente penitencia estaba en su rostro, pero sonrió embriagada con mi conversación, quizás felicitándose por lograr mi equilibrio emocional. Pero Ana estaba rara, se mantenía firmemente pegada a mí y no me interrogaba, solo participaba con su mirada. Se movió ligeramente y con cierta posición helénica se pegó más a mi cuerpo. Sentí su piel como una abrazadera.

Me habló, con los ojos clavados en los míos, sobre la génesis del orfismo. Dijo que el origen de esta doctrina era el tiempo, el caos, el éter o Eros. Y al decir Eros, una de sus manos descendió hasta mis senos. No pude percibir si ese gesto fue un riesgo o una equivocación.

Propenso al misticismo, su cuerpo se agitaba y, ya sin detenerlo, convulsionó celebrando alguna deidad griega. Inmolaba sus carnes desnudándose por completo y hablando del origen de los sexos y del amor carnal, que Platón contaba en el Banquete. Estuve a punto de gritar al verla así, pero comprendí que Ana estaba poseída por una dimensión interpretativa de la antigüedad helénica. Su mitología personal ejerció gran influencia sobre mí, porque desnudé mi cuerpo con célebres ritos en honor a dioses tutelares de la antigua Grecia. Ella sonrió, en espera de la ofrenda que mi cuerpo podía entregar a sus deidades, deseaba el elemento más importante del ritual: el sacrificio. Pensé en la libación y dejé caer agua para los dioses, pero no se contentó con este tipo de honor.

Y comenzó a cantar un himno místico, avanzando en procesión. Repleta de pasiones y leyendas, su piel hervía contra la mía y me dejé envolver, como una protagonista más de sus mitos. Las dos, íntimamente ligadas, nos confundimos en una escena de semidioses y sentí la sustitución de un reflejo por otro. Ana me penetraba con un enorme falo, que hacía convulsionar mi cuerpo con dolor y deseo, a la vez. Eyaculó en la confusión inspirada en su leyenda histórica, donde el único mito era yo: probable, sagrada, pero primitiva.

Mis orgasmos eran miles de elementos confundidos, pero reales como el dios Eolo, que gobernaba nuestro acto. Ana enaltecida y con todo el cabello enmarañado, me creaba a su manera mitológica, besando la punta de mis pezones, como si quisiera extraer de ellos todo el demonio que devoraba mi cuerpo.

Como una evolución de vida ulterior, Ana regresó de su consulta más doctrinal que nunca. El final de la ceremonia fue purificarnos el aura con una poesía del mítico Orfeo.

Y nuevamente, Ana de mis amores exhibe sus piernas cruzadas para comenzar otra etapa de análisis junto a mí.

LOS ÁNGELES DE GABRIELA

El nombre de los que están y el nombre de los que se fueron, para mí no tienen diferencia. Bien conozco que, si el amor dice a no regresar, jamás regresa. Por eso repaso la lista de mis alumnos como si todos fueran los que no vienen, los que no vinieron jamás. Siento las aulas contaminadas y las rechazo. Es como si quisiera salir por el agujero de un abismo y desterrarme. La culpa me está matando.

Preparo las clases sabiendo que no todo está perfecto, que es sin gusto que entro al aula con flores en el pelo, que es sin gusto que uso la falda lo más corta posible. Pero existe él, que no se deja vencer, y tengo que inventar cien arbitrariedades para mantenerlo distante. Él no ceja y pone más fuerza en los deseos, en la súplica, en la mirada.

Hasta que un día se cansó de mis rechazos y lo encontré succionándole los senos a Gabriela. Y entre turbado y cabizbajo, solo atinó a decirme: «yo la amo».

A ciencia cierta nunca supe a quién amaba, sí a mí o a mi hija Gabriela. Por eso no tuve otra alternativa que buscar a su padre, para darle las quejas. Un padre que no conocía porque nunca quise relacionarme mucho con los alumnos, pero era su padre y tenía que escucharme.

Fue una suerte que Gabriela me acompañara, pues cuando vi a Félix delante de mí, me quise morir. Félix era el padre. Un hombre que me debía tanto. Me debía el embarazo de Gabriela, las golpizas de sus borracheras. El no graduarme a tiempo.

Sentí deseos de matarlos a los dos, al hijo y al padre. Pero tenía que ser ecuánime, más ecuánime que Félix, que al verme nuevamente se quedó compungido. Después de conversar como dos extraños, sin llegar a un acuerdo, me marché con el mentón en el pecho. Adolorida, recordando que al amor le cuesta trabajo regresar, cuando se marcha.

Pero no todo terminó. Seguí en la escuela dando clases. Gabriela, acomplejada, se escondía en los últimos pupitres del aula. Y él, como siempre, colocando flores en mi buró, escondiendo versos dentro de mi Planeamiento. Fisgoneando mis senos, saboreándose cuando mis muslos estaban al descubierto. Aquello me ponía enfebrecida. Ya esperaba otro amanecer para llegar a la escuela y tropezármelo en los pasillos, con la mochila resbalando por sus hombros, con los ojos dislocados por mi presencia. Me gustaba, aunque de boca hacia afuera solo expresara deseos de matarlo, estrangulándolo con mis propias manos.

Hasta un día, el día que se introdujo en el baño y me forzó. Llegó a mis entrepiernas y, en vez de penetrarme, acarició con su lengua todos mis muslos. Después, terminó como un loco masturbándose. Pero yo quería más, así que lo obligué, pegándome duro contra su cuerpo, coaccionándolo a penetrarme para que gozara en toda su plenitud, y en la mía.

Intentó rechazarme, pero yo tenía más experiencia y lo conseguí. Lo violé como a una señorita recatada y cuando quise terminar, lloró y se enjuagó las lágrimas como el muchacho que era.

Al otro día, volví a la escuela como si no hubiera sucedido nada, más acicalada que nunca, con un perfume que excitaba a toda el aula. Y él, apenado, con una mueca de dolor en su rostro, ni contestó mis buenos días. Noté que sus ojos estaban extraviados y que escondía las manos y las sacaba de sus bolsillos constantemente. Pensé que era su niñez lo que hacía que se comportara tan ajeno, pero después de aquello, nunca más vi flores en mi buró, ni encontré poemas en mis libros. Ahora su mirada era de rencor, de asco, de alejamiento.

Gabriela se fue recuperando poco a poco. Mis compañeros me informaron que, durante mis ausencias, se escapaba de la escuela. Lo quise comprobar. Era cierto, tan cierto como que también él se escapaba. Junto a ella, naturalmente.

Cada día, sentía el odio de los dos: malas respuestas, represalias, huidas de la clase, bochornos. Pero aguanté. Bien conozco que el tiempo ayuda a olvidar esos momentos. Y ellos, también, olvidarían. Pero el curso aún estaba en su comienzo y esto me preocupaba.

Traté de salir adelante siendo más astuta. No reproché nada. Me hice la desentendida. Les permití que actuaran.

Dejé pasar un mes, dos meses… Y cuando más preparada estaba para enfrentarlos, se presentó Félix en mi despacho. Con su cara de dolor y lágrimas me lo dijo, pero no quise creerle, porque él nunca fue de fiar. Salí corriendo por todos los pasillos de la escuela hasta que llegué a la base del edificio y allí lo vi con mis propios ojos. Aunque la oscuridad era inmensa, allí estaban sus dos cuerpos desnudos, pintorreados de creyón, colgando al unísono de una soga.

Me quedé fría, dura, descascarada, como la pared. Mis ojos no podían despegarse de su miembro erecto con colores violáceos. Lo comparé, no sé por qué, con la boca de un dragón, y hubiera querido tragármelo, absorberlo, tal vez para darle un nuevo escarmiento.

Cuando ya estaba a punto de gritar descaradamente por el goce, sentí como un puñetazo en el rostro y regresé a la tierra. Al volver, al ver los cuerpos desnudos, colgando, reparé que Gabriela tenía encerrado su pubis en un corazón, trazado con creyón violeta.

Me tiré al piso como una loca, pero no encontré el creyón. Me arrastraba, escupía, me revolcaba, surcaba el piso con las uñas, hasta que mis compañeros lograron recogerme de mi furia y me llevaron para el hospital.

Ahora, después de varios meses, trato de reponerme, pero me siento arruinada, asquerosa, culpable… porque tengo una idea fija y bien clavada en la mente, no logro desprenderla, es como si fuera un alfiler que me quemara los pechos. No admito que sea suicidio. Fue asesinato. Y tengo a Félix prendido en mi herida, como un aldabonazo, porque es un tramposo, un insignificante vengativo.

Así que me propuse comprobar la culpabilidad de Félix. Y comencé a rondarle la casa, me convertí en una investigadora privada, pero por mucho que me esforcé, nunca lo vi borracho ni formando bronca. Estaba distinto y hasta llegué a creer que ese no era el Félix que me sonaba aquellas palizas, haciéndome vomitar bilis. No, aquel era otro hombre. Un Félix triste, serio, esquivo... Tonto.

Y una de esas mañanas que llegué cabizbaja al aula, encontré aquel escrito en el pizarrón: «¿Quien mató a la puta de Gabriela?».

Como una loca salí corriendo por los pasillos, igual que la otra vez. Gritando y gritando sin parar. Aún no sé si fue por el psiquiatra, pero noté que estaba más aliviada. Y volví nuevamente a la escuela, pero con otro semblante, como si me hubieran enjuagado el cuerpo y el alma. Hasta los alumnos lo notaron. Y para mi satisfacción, me aplaudieron cuando terminé la clase.

Ahora, siempre camino por los pasillos en los turnos libres, como si estuviera volando, en busca de algo que me dé un indicio, pero solo encuentro en cada recorrido un alumno, siempre el mismo, serio y compungido, recostado a la escalera. Y me desboco, no sé por qué, pero me desboco golpeándolo sin medir las consecuencias. Hasta que, finalmente, el muchacho ha salido corriendo escaleras abajo, pegando aullidos: «¡la profe está loca, la profe está loca!».

Vuelvo a las consultas y siento que así es como único mejoro. Pero nuevamente, el destino me juega una mala pasada. Cuando voy a buscar tizas en la gaveta del buró, encuentro el creyón violeta, el mismo con que habían pintado el corazón en el pubis de mi hija. Esta vez, no grité ni corrí, me quedé silenciosa, acechante, con la mirada apoyada en el grupo de alumnos, buscando dónde estaba el culpable. Pero nada. Solo encontré silencio.

Y para apaciguar mi desasosiego, encendí el equipo para ver una película. Entonces, noté que cerca de mí estaba una cinta de video que no conocía. La inserté, creyendo que mi locura ya me hacía ver visiones. Entonces, las lágrimas ahogaron mi locura. La pantalla me regalaba una filmación de Gabriela, desnuda por completo, revolcándose prosaicamente con un muchacho, cuyo rostro no pude ver porque lo tenía oculto detrás de una máscara. Gabriela estaba con el cuerpo pintado de jeroglíficos color violeta y bailaba alocadamente. El muchacho la levantaba en vilo, dándole latigazos con su cinto, y ella más frenética, le respondía enjuagándolo con su saliva por todo el cuerpo. Cuando llegó el fin de la grabación, leí nuevamente lo que había visto escrito aquella vez en el pizarrón: «¿Quien mató a la puta de Gabriela?».

La cabeza me daba vueltas y opté por tomarme los medicamentos que me habían indicado. Poco a poco logré dormir, aunque tuve sueños raros.

Casi cerca de las ocho de la noche, terminó la reunión en la escuela y antes de marcharme entré al baño. Aquel lugar me recordó toda la violencia de que fui capaz cuando él no quería penetrarme, y tan aletargada estaba en mis pensamientos, que no sentí cuando entró. Ya cuando volví a la realidad, vi al muchacho de la escalera con un cuchillo en la mano. Colocándolo debajo de mi garganta me dijo: «ahora a mí...».

No entendía nada, pero con la mano que le quedaba libre, me rasgó toda la ropa. Después, hizo lo mismo que su hermano, comenzó a masturbarse como un loco. Quería gritar, pero el muchacho me pegaba el cuchillo, cortándome una y otra vez, jadeante... con el semen corriendo por su mano.

Cuando se lo llevaron, escupió mi cara gritándome: «¡puta, puta, puta!... ¡Gabriela era mía!».

EN LA COLINA

Bajó la colina dentro de un vestido estampado y ante la asechanza de los vecinos. El viento era frío, como las asechanzas que ella ignoraba en su camino. Sin exaltarse, sola con sus pensamientos. Las acusaciones del marido, los golpes, los gritos, las ofensas y su aliento etílico. Ella y su vestido estampado delante de la mirada maliciosa de los vecinos. Ella, su colina y la mudada. Lejos, bien lejos de aquel pueblo, de su pueblo. Sus hijas ya sin el bochorno. Abre la puerta de la casa nueva y huye de los recuerdos, sus ojos brillan. Ahora sin aniquilarse. Ella esperando que Dios la ayude a olvidar la carga de odio para escaparse. Ella sin sufrir y sus hijas renovadas, ahora infalibles. Ella con huellas en el rostro, extrañando con insistencia, radiante de luz, pero a su vez dispersa, esperando la oportunidad del olvido. Su regreso a la familia, a la colina, a la vida.

El cuñado la ve sonreír de nuevo, con aquella risa contagiosa. El cuñado que ahora cruza silbando, haciendo rugir ruidosamente la reja de la casa. Y de nuevo el cosquilleo, el extraño sentimiento. Las miradas, los temores. Ella y su corazón de vuelco en vuelco, presuroso, albergando el risueño rostro del hombre cerca tan cerca. Así se descubre nuevamente la piel, como si su cuerpo fuera un animal de mar: gozoso, incapaz de negarse a lo salobre.

Él le habla de regresar, de su origen, de la casa en la colina. Él la escucha pensando en su hermano ahora más frenético. Más alcohólico. Se aprieta las manos y queda en silencio. Trata de darle una respuesta negativa ocultando la esencia de su pensamiento. Hilvana frases y conversaciones inconclusas. Finalmente, se acerca a la puerta y aprieta los ojos como si tratara de cerrarle el paso a la advertencia que su hermano le había rezongado. Después, vuelve a alejarse de la casa, golpeando con el puño fuertemente en el marco de la puerta, quizás como único escape a su dolor.

Ella y su regreso, contenta, olorosa. Cuando el sol le llega por el horizonte, baja la colina enfundada en un vestido estampado. Detrás de los postigos, los vecinos la observan.

El ruido del cuchillo sobre la piedra de afilar es suave, como el brillo blanco que antecede a la muerte. El marido y su pelo húmedo de grasa, las mangas de la camisa sudorosas y sus ojos vigilantes como los de un tigre (con esos mismos ojos ha cuidado que nadie se le acerque). Y ella, majestuosa. Desciende la colina, feliz por el regreso. El mango del cuchillo pulido por el uso, su hoja de buen acero clavado ahora en la funda de cuero, esperando para hundirse hasta su empuñadura, lleno de centellas sorpresivas, pidiendo a gritos asegurar destinos.

Ella inconsciente, llena de mitos, caminando por la colina con una sonrisa renovada que alegra su rostro. El marido en silencio, convertido en gavilán que asedia. Ella destinada a la muerte. Los vecinos dispuestos tras los postigos.

El mango pulido por el uso se levanta sobre el cuerpo, descarga un golpe, dos, cientos de golpes sobre el vaporoso vestido estampado. La mole de carne cae al suelo, aniquilada, y el chorro de sangre le empapa las manos, la tierra se va llenando. Se llena de esa lluvia roja, de ese sol rojo. Pero ella se incorpora, los vecinos se espantan. El sudor moja su frente, le brillan los ojos como los de un animal. El marido no encuentra la funda de cuero y otra vez el blanco brillante vuelve a levantarse, el mango del cuchillo pulido por el uso, su hoja de buen acero se hunde hasta la empuñadura siguiendo el hilo de sudor que corre sin precaución por su cuello. Entonces, cae para nutrir la tierra con su lluvia roja.

EN BUSCA DE UN TÍTERE

Para Belkys, una muchacha varón que me mira…

Enamorarse de mí. Contar una a una las losas del portal por verme. Recostarse a la pared. Cruzar los brazos y detener sus ojos sobre mí. Infame. Idiota. Enamorarse de mí. Yo que solo tomo *scotch driver*. Yo que solo uso ropa neoyorquina. Enamorarse de mí. Incrédulo. Insensible. Yo que viajo en auto de primera clase y solo me hospedo en hoteles cinco estrellas. Mirarme. Saborearse conmigo. Resentirse conmigo. Pobre insensato. Seguir cuanto paso doy. Vigilarme. Otearme. Olerme. Enamorarse de mí. Embelesarse. Cuadrarse en la calle para no permitir mi paso. Enamorarse de mí. Anafrodita. Estéril. Yo que soy archiconocida en la farándula. Yo que uso lentes verdes del Miami Corporation Eyes. Piltrafa vacante. Enamorarse de mí. Dejarme flores en la puerta. Escribirme cartas con perfume barato. Enamorarse de mí. Mascota. Sumiso. Ignorante.

Enamorarse de mí. Yo que viajo por el mundo cuando gusto. Enamorarse de mí. Sacudir la gorra Nike para que lo vea encima de su viejo auto. Quitarse las gafas refrescantes y silbarme como si yo fuera el comienzo de una canción. Imbécil. Pelele. Yo que cuando monto bicicleta, uso una montañesa de marca registrada. Yo que escucho mi música en un estéreo Hitachi. Bobera. Farsante. Enamorarse de mí. Irracional. Iluso. Simplón.

Enamorarse de mí y después marcharse a Italia por un año. Yo que publico mis libros cuando se me antoja. Yo que solo puedo dormir con aire acondicionado. Enamorarse de mí. Y bajarse del avión y rentar un Volvo. Enamorarse de mí. Anacrónico. Incauto. Llegar hasta mí y darme la mano como si tal cosa. Sin cerrarme la calle. Ni agitar su gorra. Insípido.

Enamorarse de mí. Yo que recién empiezo a verlo ahora. Yo que veo la casa nueva que ha comprado. Yo que sé que ha traído una *laptop*. Yo que ando y desando miles de veces la acera de su casa. Enamorarse de mí. Yo que le hago la guardia diariamente. Engreído. Enamorarse de mí. Yo que soporto verlo con una italiana. Yo que ya ni un adiós recibo cuando pasan. Yo que expongo mis ropas y mis lujos a diestra y siniestra, arrebatando a todos los demás. Enamorarse de mí. No sé qué se ha creído. Incombustible. Inicuo. Descerebrado.

ES BUENO DECIR TE QUIERO

El producto de las clases de inglés, no le alcanzaba ni para pagar el jabón del mes. Estaba en trance. Ya no sabía ni cuanto le debía a Paco, de tanto pedirle un préstamo tras otro. Ella, una profesional, especialista en Lengua Inglesa, arrastrada como si fuera una puerca rusa comprada por el país para hacer caldosas (con sus patas), en cualquier plenaria de las tantas que se efectuaban para inflar globos y elevarlos.

Atacó en todos los flancos, pero nada. Y ya no generaba ni una idea. Vivía en trance. Es algo que se decía constantemente, mientras iba perdiendo otra vez el color rubio de su pelo. Así que nuevamente tendría que ver a Paco, para que le ayudase a tapar las canas.

Paco era una tripa mal organizada dentro de su propio organismo. Lo mismo se le veía en la cabecera del gobierno municipal que vendiendo paleticas de helados, o empeñando piezas de autos antiguos, u organizando un clan de jineteras. Pero el tipo no era mala gente. Un enterrador de la lucha. Así lo calificaba Marta, quien, acabada de divorciarse, tuvo que verlo para que la ayudara a organizar un *team* de alumnos, a los cuales dar clases de inglés «por la izquierda», con la esperanza de cobrar en divisas. Paco, entusiasta como era y haciendo sus chistes de moda, le consiguió un grupo muy bueno. Todos querían aprender el inglés, para después volar como pajaritos o pajaritas a desmigajar el pan nuestro, pero en otro país donde no existieran las plenarias y donde una maestra no tuviera que esconder sus canas, mucho menos con la mediación de Paco. Aunque si a Marta le faltaba Paco, segura estaba que su vida no era nada. Se le acababa el oxígeno. Y el hidrógeno.

Por eso no tuvo miedo al confesarle que aquella aula inventada en su cuarto de desahogo, con una luz horrorosa y un discurso muy por lo bajo, no le daba para todos sus trajines, y que estaba dispuesta a experimentar en otros campos más prósperos. Marta se había quitado su corazón para ponerse un parche. Y Paco quedó amargamente compungido, es lo que dijo.

Así era como Paco decía quedar ante las que dejaban su inteligencia al alcance de una patada, dispuestas a usar el sexo para todo, por todos y a cambio de todo. Lo que cayera. Ya Paco sabía que, tarde o temprano, Marta usaría su flecha para la práctica de la guerra. La estrategia de la araña.

Felizmente, Marta aún demoró su punto de desvío, pues continuaba machacando sobre su misma tachuela: el inglés. Todavía era una inesperada feliz, alguien con quien se podía conversar. Una mujer que a cualquiera le daba el deseo de tirársela. Pero Paco se daba cuenta de que se metería en un laberinto, en una tragedia, si le soltaba a Marta que ella estaba más buena que el pan de Toyo. Y optó por limitarse a prestamista, enterrador de la lucha. Además, le daba vergüenza, después de ser su vecino durante tantos años.

Un día amaneció inspirado, con un arrojo que ni él mismo sospechaba que tenía, y le fue arriba a Marta, con una idea que no estaba mal. Marta lo escuchó como siempre. Él era su confesor.

Marta tenía que demostrarse a sí misma, y a los otros, que su vocación de escritora era súper. Formidable e inspiradora, si dejaba a un lado los poemitas de amor de cincuenta centavos para los enamorados y se dedicaba, de una vez por todas, a alcanzar la fama escribiendo cuentos pornográficos. Y más que a ningún otro, a Paco le interesaba ese negocio. Él, en persona, le daría la máxima promoción a sus libros. Marta se haría rica e inaplazable de la noche a la mañana.

Marta quedó tentada. En parte, porque siempre soñó con ser famosa. En parte, porque ningún otro trabajo en el país le daría tanto dinero, ni tampoco ningún otro sería tan llevadero.

Se empleó a fondo con su inspirada estilográfica de tinta azul (aunque con la esperanza puesta en la computadora) y con mucha ambición escribió su primer cuento. No le quedó mal, pero lo encontró muy vacío. ¿Vacío de qué?, se preguntaba, sin hallar respuesta. Así que trabajó toda la madrugada.

El cuento era sobre un perro, un hombre y un consolador. Cuando consideró que ya estaba amasado para el horno (en este caso Paco era el horno), salió en su busca. Paco estaba con *short* mañanero, hablando en la terraza con sus cinco ejemplares. Los perros gruñeron con la llegada de Marta y los ojos de Paco se emplearon en su acostumbrada labor: mirarle las tetas a Marta. Después de cortejar a los perros con palabras más o menos, Marta se acomodó en el esquinero de la terraza, silenciosa, para ver la reacción de Paco cuando terminara de leer.

Los ojos de Paco fueron como autos en movimiento. Después, con cierta grosería (así lo apreció Marta), se lanzó a la carrera hacia dentro de su casa. Y al regresar, fatigado y sudoroso, Marta se percató de que el *short* de Paco ahora estaba al revés. Y lo que son las cosas de la vida, fueron esas costuras echadas hacia fuera las que le concedieron el triunfo a Marta.

Por el sugerente título «El perro desnudo», firmado con el seudónimo de Yana Laloca, Marta cobraría sus primeros trescientos dólares. Por ese camino, apenas iba a necesitar dos o tres meses para ganar más dinero que durante todos sus años de labor como maestra. Pero Marta no se decidía a abandonar a sus alumnos.

Comenzó a impartir sus clases, más aplicada que nunca, frente a aquellos hombres y mujeres jóvenes, que como perros amaestrados le confiaban su aprendizaje. Aspiraba a que su obra en la tierra fuera perfecta, porque al fin, el padre de los cielos la había escuchado. Dios, a veces, se muestra un tanto delicado de oídos, le dijo a su antiguo prestamista.

Paco, con su elegante espíritu de explorador, dejó a un lado las innumerables variantes a las cuales estaba acostumbrado. O sea, no fue nunca más a una plenaria. Con las narraciones de Marta dentro de un flamante maletín, regalo de una las tantas putas que ahora lo visitaban, y con su sutil mezcla de amor y negocio, vendía aquellas fábulas mediante el último y más prometedor de sus inventos, la editorial *Esbuenodecirtequiero*.

A Paco le tomó más de un año fomentarla, pero se lanzó con todo lo que había ahorrado. Sabía que después de Marta vendrían otras y otros escritores. Y el tiempo le dio la razón. La editorial *Esbuenodecirtequiero* se convirtió en la raza fina de los trescientos treinta mil afiliados, adjudicados en sus registros de inscripción, en un solo año de venta.

Por su parte, Marta, es decir, Yana Laloca, con su madura inteligencia, abrió una sucursal dependiente por completo de la editorial. Con un poco más de acción, esta sucursal, *Dimequemequieres*, abrió sus puertas solamente a hombres y mujeres que, humeantes como la leche, llegaban a la enorme residencia de Yana Laloca para especializarse en el inglés, practicándolo al desnudo. Con el vuelo poético que la caracterizó siempre, Marta había resuelto dictar todas sus clases, desnuda como una fruta.

Humanista inagotable, Paco fue el primero en reunírsele en el café vespertino, que ahora le consignaba a los alumnos merecedores del sobresaliente en la semana. Allí se reunían los genios de *Dimequemequieres* para darle valor práctico a los libros de la editorial *Esbuenodecirtequiero*.

Como era Yana Laloca la que se complacía en leer las obras, su cuerpo estaba como Paco lo había soñado desde el primer día que se mudó para el barrio: *malamundo*. Muy *malamundo*. Con mucha serenidad, pero a su vez nerviosa, doblaba los papelitos con el nombre de los alumnos. Paco tenía la mejor suerte del grupo, su actuación siempre consistía en el erudito inagotable. O sea, era el libre, el que podía hacer lo que le diera la gana. Como buen editor, soportaba la lectura mientras su verga pugnaba por salirse.

Semana tras semana, versos, cuentos, crónicas y relatos pasaban por la sucursal, repletos de diálogos, profecías y hechos. Cartas de innumerables países llegaban, tanto a la editorial como a la sucursal. Y fue así, como los órganos del gobierno dispusieron vigilarlos. La residencia de Marta Campos, especialista en lengua inglesa, mayor de edad, de la raza blanca y sin antecedentes penales, fue inmediatamente fichada por los engranajes del Comité.

Desconcertados, Marta y Paco dejaron una tarde en la residencia café, talento y belleza. Nadie vio nada. Nadie dijo nada. Ni papeles, ni libros, ni moldes… Nada más encontraron los allanadores. Nada más, como no fuese el consolador de Marta dentro de la boca de su pastor alemán. Pues, en tanto, Marta junto a su nuevo perro, era confundida con una norteamericana cuando logró que Paco le hiciera la foto del año, en Cancún, lugar donde fueron a pasar la urgente luna de miel.

UN VIERNES TRECE

Para Yirelis, cleopatra de aire

Salí descalza, un viernes trece, a las once y quince de la noche. No hubo escándalo. Esa noche, creyeron que cumplía la promesa de los trece. Algo que también decidí desnudar, un culto al trece por ser el número de mi suerte, de nacimiento. Hasta ese punto, todo estaba publicado. Había escrito un libro sin la página trece, para que mi ejecución del proyecto fuera más débil en cuanto se activara todo el engranaje de dedicarme a ser una mujer desnuda. Y efectivamente, la obra marcó la apertura hacia otro universo.

Logrado el objetivo y sin disminuir mis intenciones, consideré también desnudar todos mis mensajes. Con este nuevo proyecto, me manipularon un poco, pero desafié cada acción regalando todas las cartas, recados y correos que me llegaban. Una vez más, me dormí con libertad roncando al lado.

Sin caer en trampas y sin neurosis, la gestión de vivir desnuda del todo comenzó madurando —no estereotipadamente— a los cercanos, ya un poco asustados y deprimidos con la idea de que yo estaba enloqueciendo. Había ganado un genio y perdido una personalidad. El genio esquivaba a los desaprendidos. A los otros, los atraía como si tuviera un tatuaje obsceno adornando el cuerpo. Pero yo era feliz. Felizmente desnuda. Y con un objetivo por cumplir.

Hasta este punto, mi acción de ser una mujer desnuda solo me había costado tibias alternativas. La mujer desnuda que siempre llevé por dentro, no me permitía injusticias. Mi cosmogonía, tal como la del universo, tenía un término preciso: ser desnuda. Lo demás eran convencionalismos. Cosas inútiles que coartaban mi libertad.

Levanté ligeros comentarios, el día que salí sin mi boina. Una nueva táctica para mi desnudez. Pero solo descubrieron que algunas canas ya formaban el esqueleto donde se fundían mis pensamientos. Un preciso equilibrio entre la originalidad y la banalidad. Este día iba a tener vigencia siempre, pues ahora mi cabeza se paseaba desnuda delante de individuos que, un poco precarios o *kitsch,* condenaron el vacío de mi boina. Un vacío, en verdad, beneficioso para esa mujer desnuda que llevo dentro y que siempre está por salir.

Entre el éxito y el fracaso, preferí buscar el éxito desde el fracaso. Solo así recordarían esta oportunidad como un paso adelante en mi madura y avanzada carrera para–en–con la desnudez.

Nuevamente, al servicio del ego enseñé mis manos. El problema se agravó. Aun con las manos al desnudo, mi arte no se dejaba ver. Los pulsos, objetos que ya formaban el modelo más frecuente, no quedaban expuestos. Expliqué que yo, como artista, estaba explorando la posibilidad de ofrecer un producto nuevo y terminado: yo misma, sin atuendos. El público revoloteaba como un abejorro en torno a mi primera exhibición como mujer desnuda.

Por la gracia de Dios o por el excesivo uso de anfetaminas, no vi obstáculo alguno en romper con la convención de los seis botones de la blusa. Domingo de fiesta. Un pueblo lleno de zombis y una mujer tratando de airear sus entresijos, como símbolo de una profesión donde el pincel es una herramienta genial, el microscopio un buscador de células, y las ropas un estorbo.

Ser sin la existencia de lo que suele ser tomado por ser. Se esperan entonces consecuencias. El pueblo puede querer tragarme viva, solo para vomitarme al instante. Harto de mí. Sacudirse con mi supuesta desvergüenza, la suya propia. No importa. En oposición a esta nueva independencia, yo quiero morir como un pez, desnuda entre mis líquidos.

El desfallecimiento de los botones de mi blusa fechó otra táctica más para la estética de ser mujer desnuda. Yo estaba loca. Una loca de remate. Visto así, podían comprender mi desnudez. Entonces, la aceptaron y hasta se sirvieron de ella, como iniciación para enormes concentraciones, bailando a mi alrededor, detrás y delante de mí. Las dudas o timideces fueron disueltas. Fui instrumento del populacho. Pero seguí en pie. Desnuda.

Un poco gracioso y otro poco cursi fue que me denominaran «la loca puta». Pero, al fin, yo era aceptada. Como el misticismo del pueblo cuando entraba a su única iglesia, para que el cura le impusiera leyes y costumbres que no eran nuestras. Por eso, sobre todo, porque no eran nuestras.

Si era buena o mala, no me lo atribuyeron. La impresión no pasó de los primeros días en que mi blusa quedó colgada en el respaldar de una butaca, tan pueblerina y tan desnuda como yo. La confrontación del cambio, la integración de mi intemperie estética, fueron como aquellas imágenes del Tercer Mundo en la única galería del pueblo, donde se exhibieron.

Mi esqueleto, última muestra que ofrecí a la muchedumbre, me ha permitido ser una mujer desnuda en un pueblo de locos.

DIÁLOGO CON LA MASCOTA

América cierra las cortinas de las persianas y enciende su estéreo. La voz de Nino Bravo se deja escuchar con la canción «América». No hay quien le diga que no fue escrita para ella. Por eso, la disfruta echando a flotar sus instintos.

América vive con Pedropedro. Lo recogió cuando tenía treinta días de nacido. Como era tan pequeño, lo acostumbró a dormir con ella. Y adquirió un vicio endemoniado. Todas las mañanas, América tiene que darle de mamar. América sufre cuando olvida rebajar el filo de los dientes de Pedropedro. Y no es que lo olvide, es que a veces le duele hacerlo, porque el pobrecito no puede masticar sus alimentos, o sea, los del cuerpo.

Cuando amanece, América se siente feliz porque después de darle de mamar a Pedropedro, le lava la cosita y se la lame un rato, hasta ver que Pedropedro se tira para atrás, se revuelca, violento. Después, la llena de mimos y vuelve a dormirse.

América se siente muy bien con Pedropedro en casa. Es muy responsable con ella. Nunca olvida ponerle sus espinas entre las piernas. Cuando América siente a Pedropedro, se sobresalta porque hay ocasiones en las que le duele mucho. Pero una vez habituada, abre sus piernas, aprieta el diminuto cuerpo de Pedropedro contra su vulva y se estremece con un orgasmo casi sin penetración, porque Pedropedro es víctima de lo diminuto.

Esta dependencia de América no la conoce nadie. Es su galaxia, su territorio íntimo. Los vecinos de América solo la acusan de soberbia, de loca… América es una tentadora en secreto, es pura explosión de eros. Pero jamás ha permitido que se menoscabe su integridad. Siempre imagina que la arrodillan, que le aprietan las caderas, que le tocan sus nalgas, que la cabalgan... Pero la ironía de la vida viene detrás, arrebatándole cada uno de sus ensueños. Por suerte, tiene a Pedropedro, que para el caso es igual, aunque no sea lo mismo. Cuando lo mira tan manso, tan dispuesto, piensa que la vida es un milagro. Y no le avergüenza tocarse, catar sus olores, lamerse los pechos, meter y sacar los dedos del sexo para ir colocándolos en la boca de Pedropedro... Si es placentero para ella, entonces es normal.

A Pedropedro no le gustan las visitas en la casa. Se comporta indisciplinado, arisco y hasta hay momentos que quiere morderlos. América tiene que llevarlo para el baño y, después de encerrarlo, darle de mamar un rato para que se calme. Con el único que Pedropedro no muestra estas sublevaciones es con Armando, el editor de América. Él le ha descubierto una debilidad. En cuanto llega, Pedropedro se sienta a su lado en el sofá y Armando, muy atento, saca de la portañuela su tetera y se la da para que se entretenga.

Armando asume como un sacrificio lo que hace, pero apelando a su bondad, Pedropedro visita la cueva del diablo con agrado, para después quedar atontado con la cabeza tendida sobre sus piernas. Armando vuelve a guardar su tetera, no sin antes limpiarla y enjuagarla en la boca de América. Mientras, Armando y América conversan rutinariamente. Así se aclaran de buena manera las relaciones poeta–editor. Después, comparten la cena abandonados a la comodidad de la casa. Y cuando Armando decide irse, le hace un examen de sexo a América. A Armando le gusta lo constante y por eso en cada despedida le permite a América que se unte crema en el dedo y lo penetre, superando así una de sus crisis. Y como no es de los que pierde oportunidades, y mucho menos cuando Pedropedro está dormido, endulza su cena con los pezones de América.

América nunca olvida las despedidas de Armando. Y como tiene un amante al alcance de la mano, coloca su dedo espermático en la nariz de Pedropedro. Este despierta rumiante y erotizado. Es entonces que aprovecha para acostarse boca abajo, a Pedropedro le gusta el olor del dedo de América. Pero ella es astuta y se lo quita de la nariz para introducirlo en su clítoris. Pedropedro es un acróbata sobre las nalgas de América, primero saca su lengua para accionar movimientos de seducción, después, la penetra con su corto flagelo y América explora con ánimo el verosímil puesto que se ha ganado. Pedropedro celebra su eyaculación con volteretas, gemidos y ronquidos. América duerme como un ángel, mucho más si siente los ronquidos de Pedropedro bien pegados a su espalda. Hoy se despierta eufórica, porque promocionará la edición de su libro. Ya Armando le ha cursado aviso. Prepara el equipaje, algo entristecida por Pedropedro, que la mira con ojos soñolientos. Después de siete días, regresa. Llega entusiasmada, pues ha tenido éxito. Busca a Pedropedro, deseosa de todo, y lo encuentra agazapado entre sus cojines. América acercó sus manos hasta él, pero nota que en los ojos de Pedropedro hay una visión tormentosa. América tuvo miedo por primera vez. Pero se desnudó para acostarse junto a él, creyendo que lograría animarlo.

Pedropedro, en cambio, ha lanzado un gruñido atroz para caer con rabia sobre el cuerpo de América. Esta le enseña sus pechos erizados. Pedropedro se deja arrastrar por la violencia.

América no pudo alcanzar ese clímax de placer que tanto bien le hace. Una herida comenzó a supurarle sobre otra. Un orificio abierto mostró la arteria, una dentellada desprendió su pezón del cuerpo. Mientras, la voz de Nino Bravo iba dejando una oscura cadencia. «Esa es América», cantaba, con un acento tembloroso, como si estuviera mirándola.

¿QUIÉN ME PRESTA UNA PISTOLA?

A Héctor Luis, cuando bajaron los ángeles

Aquel público no entendía nada. Solo la música que acompañaba, les decía algo. Él no era un actor, sino Héctor Luis, el hijo de Ileana, el hermano de María. Por eso fue que lo decidió, lo planeó hasta los excesos. El público era su aliado. Las luces se apagaron y surgió la exclamación, el desconcierto de siempre, ¡ay...! Así fue como se escuchó la voz de Héctor Luis pidiendo una pistola. Pero no la pidió desde la miseria, lo hizo con enfática roña. Con dureza. La pidió con el alma.

Fue entonces que el público prestó atención al taburete, al traje... A la sábana que cubría el piso mugriento del teatro. Pero no oyeron la voz. La voz se quedó en el vacío. En el eco de la campana de la iglesia. Héctor Luis lo gritó. Y lo gritó como un trueno para que repiqueteara desde lo hondo, desde el alma: «¡Quién me presta una pistola, coño!». Y la vista se le fue, se le quedó engarzada en el hombre de labios gruesos que lo miraba horrorizado.

Allí se le quedó. Quieta, húmeda como la lágrima que escondía cuando actuaba en escenarios baratos como el de aquel pueblo. En escenarios donde no comprendían que él no era Héctor Luis, su vecino. Él era un actor. Un hombre de tablas y no de tablazos. Esos tablazos que le iban llegando cada día en la guagua, en la reunión, en la oficina... en su casa. Entre la gente.

La mirada reencontró la luz cuando el hombre chasqueó los dedos para despertarlo. Para que no le pidiera más al público una pistola, y respirara. La vida es respirar, Héctor Luis... Respira, Héctor... Respira. ¡Eso! La vida es eso y no tu loca carrera. La vida es mar, Héctor... La vida es luz... Pero Héctor Luis no quiso respirar. Héctor no quiso el mar y siguió espantándose los mosquitos que le cantaban su himno de la picada. Siguió como el rey que quiere a su doncella bien muerta, para que no le ordene a qué cortesana escoger o a qué país destruir.

Siguió así, siendo un actor de tablas con música de fondo. Una música que escogió para sus excesos. Que se lo decía todo, presentándolo ante sí mismo como un hombre acabado. Un buey que lame la carga para después cargarla. Un Héctor Luis descalzo, harapiento, con sed de sueños… Una frívola caricatura de Chejov.

El público no se percató de que sus emociones también podían trabajarse indirectamente. Y que Héctor había pedido una pistola por obediencia, para equilibrar el tiempo. Por reaccionar ante sus impulsos. El público estaba identificándolo cuando el hombre de labios gruesos le habló de la autopreservación y le mencionó a Olga. Una Olga que a él, actor, o a él, Héctor Luis, le importaba un carajo, porque esa Olga se tomaba su calma cuando cosía en su vieja máquina de coser una estola, una blusa o una sábana.

Él era el observador de la respiración. Él era el hombre que lo traía todo planeado, y por eso sin descanso pedía una pistola. No pedía una mujer que cosiera fantasmas en la madrugada, o que fuera al mar para ordenar sus hazañas. Eso del hombre de labios gruesos le cayó mal. Le cayó mal esa firme decisión de quererlo reajustar a esa tal Olga que ni él sabía quién era. Ni si tenía el poder para conseguirle una pistola. Además, entre el público no estaba Olga.

Escondió una lágrima para que el hombre de los labios gruesos lo dejara a un lado, con sus estupideces de los patrones humanos, que lo dejara fluir libremente sin tener que montarse en una guagua repleta, o dormir en una cama con la música barata de los mosquitos, o lamentarse porque el cuerpo le duele y el *stress* lo machaca. Él, el Héctor Luis actor de los obstáculos, para autoevaluarse con una pistola. Con una jodida pistola que ahora le falta. La necesita porque el público no entiende nada y él se aprovecharía de esa insensatez para actuar con libertad y para que su mujer no le impusiera más nunca el yugo de «ve y consigue esto», «anda y trae aquello». Con una pistola apretada contra la cabeza, podría librarse al fin, de una vez y por todas, de sus quebraderos de cabeza.

EL HOMBRE QUE QUISO SOÑAR

Estuvo preocupado varios meses, después se dio a la tarea de reflexionar, y sí, le daría resultado. Construyó su casa. La terminó un sábado, a las tres de la tarde, y frente a los pocos amigos que tenía la santiguó con agua bendita para la buena suerte. Anduvo por la casa como un náufrago cuando no encuentra a qué asirse en noche de mar picada. Le pareció inmensamente grande. Un gigante dispuesto a tragárselo de un tirón. Lo pensó bien y decidió que algo se podía hacer para restarle soledad. La repletó de adornos.

Pero por más que la llenaba, no dejaría de sentir la misma fría oquedad de los primeros días. Lloró en silencio. Tenía que hacer algo. Otra cosa debía existir que lo ayudase a disimular aquel vacío. Lo pensó mejor. Comprendió que no le quedaba alternativa.

Hizo una mujer. Terminó de hacerla un sábado. Entró al cuarto y se entusiasmó tanto con su desnudez, que la besó. Ella lo apretaba muy duro entre sus pechos. Él se estremecía. Lloró otra vez, pero no era de pena fría, sino caliente. Vistió a la mujer y fue enseñándola a todo el que pasaba, para que la admirasen desde lejos. No era un hombre solo. La casa no se lo tragaría de un tirón. Debía empezar por tragarse sus miedos de hombre con mujer.

YESTERDAY

Por mí... Sin su venia

Te mortificas por el ayer insólito y demente. Cruzas por encima de tu voluntad. La almohada es punitiva y tribunal de inquisición. Quién sacudió primero los pecados. Esos pecados que van al centro de la calle y que la gente usa como pretexto para esconder los propios. No lo sabes, o ya no te importa saberlo. No quieres recuerdos. Ni remordimientos. Pero la almohada te acosa. Los días se suceden y vuelves a colgar las mismas aflicciones en el esquinero que usas como escondite. Quieres ser otra. Otra mujer que dance y grite en busca de sus propios aplausos. Lo decides. Firmas un pacto: te bañas y no dejas ni pizca del ayer en tu cuerpo. Sales del baño, desnuda, naturalmente, porque para vestirte necesitas del ayer. Tomas un libro y lo acaricias contra tu desnudez. Te colocas contra la silueta del pasado, despreciándolo.

Te arrodillas ante una vela encendida y cruzas los brazos. Sientes que una sombra te escolta y tarareas una canción como quien reza. Un pincel en tu espalda y la caricia llega. Un pincel delicado que baja marcando trazos en tu sexo. Ardentía en tus labios. Flojedad en tus rodillas. Quisieras tener los ojos en la espalda. Te urge ver con cuánto amor esa mano pinta sobre tu cuerpo.

Ahora vuelves a rezar, pero contando colores en cada amén y el pincel no se detiene. Estás sobre el credo de una verdad. La voz se te afloja cuando llegas al color blanco, porque sientes la ausencia del pincel, pero dos manos sustituyen el paisaje en tu espalda. Aumenta la luz de la vela y tus ojos crean una atmósfera de éxtasis. Ya no existe el tiempo. Arrebatada te volteas, drogas tus instintos. Un desmayo indeleble te hace flaquear, pero se alzan dos manos estrechándote dentro de su cuerpo. No te desprendes de sus labios.

Comprendes: el ayer fue un simulacro.

Lo decides, vas a emborracharte de vigencias. Te tiendes con la vela apoyada en el estómago, esta se agita al compás desesperado de tu vientre. Un pincel con olor a fruta madura comienza a dibujarte los pechos, que se endurecen, excitados por el contacto de la saliva. Ves su boca apoyada en la línea que divide el pezón de su base y un hartazgo de locura te invade. Observas la vela y notas que su luz es tan penetrante como tu exaltación, no te apenas. Devuelves la vela a su sitio y te acomodas para vengarte. Abres pausadamente las piernas y con miel frotas la hendidura que te hace mujer. Miras su cabeza, su pelo revuelto. Lames, envolviendo la boca que se refocila entre los pezones. *Yesterday*. Es el ayer que ha vuelto para eternizarse en tu ahora. *Oh, I believe in yesterday.*

Índice

Otros títulos de la autora en CAAW Ediciones

A Gabriel no lo mató la luna

La hija del Agua
(Segunda edición)

caawincmiami@gmail.com
www.cubanartistsaroundworld.com